아파 봐야
세상이 제대로
보인다

아파 봐야
세상이 제대로 보인다

2020년 10월 30일 초판 1쇄 발행

지은이 _ 김정곤
펴낸이 _ 김종욱

표지·본문 디자인 _ ALL contents Group
마케팅 _ 백인영, 송이솔
영업 _ 박준현, 김진태, 이예지

주소 _ 경기도 파주시 회동길 325-22 세화빌딩
신고번호 _ 제 382-2010-000016호
대표전화 _ 032-326-5036
내용문의 _ 010-5357-7341(전자우편 nptiger@hanmail.net)
구입문의 _ 032-326-5036/010-6471-2550
팩스번호 _ 031-360-6376
전자우편 _ mimunsa@naver.com

ISBN 979-11-87812-23-4   03810

코로나19로
힘들어하는 분들께 보내는
정신과 의사의 위로 편지

아파 봐야
세상이 제대로
보인다

김정곤

자그마한
창문 하나를 열면서

누구에게나 자신의 지난날 궤적에 대한 묵상은 있습니다.

저도 고희를 맞아 산고 끝에 세상에 얼굴을 내미는 자화상 같은 작은 수필집을 내게 되었습니다.

저 자신의 상흔을 건드리는 것처럼 많이 아팠습니다. 내 육신뿐 아니라 내 영혼까지도 드러내는 것 같아 많이 부끄러웠습니다.

이 글을 세상에 내어놓으면서 저어하기도 했습니다만 용기를 냈습니다. 이 책 속에 펼쳐지는 이야기들이 오롯이 제 경험이자 역사이기도 하지만 적지 않은 분들에게 위안이 되고, 내일을 살아가는 데 조금이라도 도움이 된다면 저의 부끄러움은 기꺼이 감수하기로 다짐을 했습니다.

아무쪼록 비록 졸작이기는 하지만 독자들에게 한 편, 한 편이 곶감 같기를 기대하면서 감히 고희 기념으로 자그마한 창문 하나를 열어 봅니다.

70년 남짓 살면서 무려 16번이나 수술을 받아 온몸이 누더기를 꿰매 놓은 듯합니다. 하여 공중목욕탕도 못 가는 신세가 되었지만, 제 나름대로 성실하게 치열한 삶을 살았다는 자긍심으로 감히 출산을 결심하게 되었습니다.

아련한 추억들을 소환하여 쓴 글이 많아, 젊은이들에게는 쓸데없는 노인의 하품소리 정도로 가볍게 넘길 수 있는 이야기도 더러는 있을 것입니다.

저의 볼품없는 자서전적 이야기, 정신건강의학과 임상에서 경험한 것과 느낀 점, 시사적 단상 등으로 엮었습니다. 감히 바랍니다. 젊은 세대들이 경험하지 못한 저의 배고픔, 그리움, 사랑, 후회, 설움이 실의에 빠진 청년들에게 절망을 희망으로 바꾸는 돛대가 되기를.

이 보잘것없는 글이 깜깜한 밤에 망망대해에서 표류하는 배가 겨우 찾은 등대의 한 줄기 빛 구실을 할 수 있다면 더할 나위가 없겠습니다.

온갖 어려움을 겪으면서도 41년간 제 곁을 묵묵히 지켜 준 영원한 내 사랑 한용희에게 고맙다는 인사를 이 자그마한 수필집으로 대신합니다.

언제나 격려하며 지지해 준 지인들께 깊이 감사드립니다. '와호(臥虎)'라는 필명을 지어 주고, 퇴고 과정이 쉽지 않았음에도 짜증 부리지 않고 도와준 아들 종윤에게 고맙다는 인사를 제대로 전하지 못했습니다.

진료 시간을 할애해 준 큰아들 종원에게 미안한 마음입니다. 교정 작업을 도와준 최준혁 군에게도 고맙다는 인사 전합니다. 미흡한 글에 예쁜 옷을 입혀 주신 미문사 김종욱 대표를 비롯하여 이 책 출간을 도와주신 직원 여러분께도 감사드립니다.

이 글을 읽는 모든 분들께 감사드리고, 여러분의 가정과 직장에는 늘 웃음꽃이 만발하기를 소망합니다.

추천사1

장사현(영남대학교 평생교육원 교수, 문학평론가, 영남문학 발행인)

인간의 본질과 고유 특권적 에스프리
– 김정곤 작가의 수필집 『아파봐야 세상이 제대로 보인다』를 읽고

    김정곤 사백(詞伯)의 수필집 『아파봐야 세상이 제대로 보인다』 상재를 축하드린다. 작가는 최근 시집 발간에 이어 이번에는 수필집 2권을 동시에 출간하게 되었다. 이번에 필자한테 넘겨온 수필을 탐독하면서 인간의 본질과 고유 특권을 생각하고 판단하는 능력을 보았고, 수필 문학의 근원과 가치 기준을 생각하게 되었다.

1. 인간의 본질과 고유 특권

    인간은 피조물 중 창조주와 같은 모습으로 사고(思考)와 의식(意識)이 있다. 그래서 언어를 사용하면서 사고와 의식을 통하여 무엇을 어떻게 해소하는 능력이 있다. 이러한

인간 활동에서 슬픔과 좌절을 '꿈'과 '희망'으로 치환하고, 희로애락을 '문학'이라는 상위 개념의 언어로 표현함으로써 치유하고 위안을 받으면서 행복을 발견하게 된다.

김정곤 작가는 70평생 삶의 이야기를 이번 수필집을 통하여 풀어내고 있다. 몽테뉴와 베이컨의 에세이와 같은 체험의 실체를 진솔하게 드러내기도 하고, 세계적으로 알려진 4대 고백론이나 4대 자서전의 내용처럼 양심의 문제와 신앙의 척도를 보여 주기도 한다. 그는 유년 시절부터 가난으로 인하여 굶주렸고, 중학교 2학년 때부터 지금까지 16번이나 수술 받아 온몸이 누더기를 꿰매 놓은 듯한 불구의 몸으로 살아왔다. 지난한 삶의 고비마다 좌절할 수밖에 없었지만 인간의 본질과 고유 특권인 사고(思考)와 의식(意識)이 있었기에 견뎌왔다.

그의 눈물과 피는 응고되어 영롱한 진주를 만들었다. 그는 지금 울산에서 정신건강의학과 의원의 원장으로 재직하고 있다. 내원하는 환자들에게 상담을 통하여 치유케 하고 일상에서는 노블레스 오블리주 정신으로 주변을 살피고 있다. 이제 그의 작품 세계로 들어가 보자.

2. 생활인의 철학으로 점철되는 철학 수필

김정곤 작가의 생활은 철학이다. 그는 자기와의 약속을

지키고 있으며 인생관과 세계관이 확고하다. 인간과 세계에 대한 근본 원리와 삶의 본질을 정립하고 인간이 어떻게 살아가는가에 대한 답을 제시하고 있다. 그 예로 수필 몇 편을 살펴보자.

> 작년 내 칠순 날에 나는 병원에 입원을 하고 있었다. 칠순 전전날 입원하여 열흘간 병실에 머물며 졸작 『자화상』 출간 준비에 여념이 없었다.
>
> 병문안을 온 후배의 아내가 나를 질책했다. 이제는 더 이상 그렇게 바보처럼 살지 말라고. 내가 가장 존경하는 사람이 김수환 추기경이고 내 인생 철학이 "김수환 추기경처럼 바보같이 살자"인데 어떻게 하느냐고. 그 여 약사의 일침이 여간 걸작이 아니었다. "김수환 추기경은 독신이셨고 원장님은 독신이 아니고 가족이 있잖아요."
>
> 아마도 일중독에다 오만 일에 관여하는 지독한 나의 오지랖에 대한 아내의 염려를 들었으리라.
>
> (중략)
>
> 빈래희귀(賓來喜歸)라는 액자를 진료실에 걸어 두고 진료하고 있는 정신건강의학과 의사로, 비록 글재주는 없지만 소위 시인으로 살면서 평생의 생활신조인 Laborare est Orare(라틴어로 '일하듯 기도하고 기도하듯 일하라'는 뜻)를 되뇌며 살고 있다.

아내를 비롯해서 가까운 지인들은 나를 보고 바보처럼 산다
고 나무란다. 그래도 나는 좋다.
내 옆모습이 살짝 김수환 추기경을 닮아 나는 더욱 좋다.

                                        – 수필 「바보 의사」 중에서

　참으로 여유가 있다. 병원에서 고통스러운 입장이지만
자신의 정신 세계는 흔들림이 없다. 심지어 마지막 행에서
는 '내 옆모습이 살짝 김수환 추기경을 닮아 나는 더욱 좋
다.'라는 유머스러운 표현까지 하는 것을 볼 때 그리스 철
학자 디오게네스의 바보스러운 멋이 겹쳐지기도 한다.
　또 다른 생활 철학을 보자.

지금도 그립고 그리운 호떡 장수 아저씨!
내가 의사가 되고 시인이 된 오늘의 나를 있게 해준 고맙고 고
마운 호떡 장수 아저씨! 아주머니! 어느 별에 살고 계신지요.
아저씨, 아주머니의 그 크신 은혜에 대한 감사 인사를 대신 다
른 분들에게 곱절로 하겠습니다.
'노블레스 오블리주'를 꼭 실천하겠습니다.

                                  – 수필 「호떡 장수 아저씨」 결미 중에서

중학교 2학년 시절, 어머님도 작고하시고 5남매가 뿔뿔이 흩어지는 상황에서 잠잘 곳이 없어 거리에서 방황할 때의 이야기다. 그때 호떡 장수 아저씨 내외가 자기들 집으로 데려가서 재워 주고 먹여 준 그 은혜를 생각하면서 '노블레스 오블리주'를 꼭 실천하겠다는 의지를 보이고 있다. 같은 맥락에서 많은 작품이 있지만 한 편의 수필만 더 살펴보자.

… 앞집에 사는 아이가 성경책이 필요한데 성경책을 주면 고구마를 한 개 주겠다는 것이었다. 그때까지는 종교가 없었던 나이지만 성경책이 어떤 책인지도 알고 병실에서 틈틈이 보던 것이었기에 망설일 수밖에 없었다. 고민 고민 끝에 결국 입원 중에 간호사 누나가 선물로 준 그 성경책을 고구마와 바꿔 먹었다. 굶주림이 얼마나 고통스럽고 무서운 것인가를 그때 처음 알았다. 동생이 성경책과 바꿔 온 그 고구마가 얼마나 달고 맛있었는지 표현하기조차 어렵다.

(중략)

의과 대학을 어렵게 다니고 드디어 졸업을 하게 되었다. 의과 대학 졸업식 때는 졸업장을 받고 난 후 히포크라테스 선서를 한다. 히포크라테스 선서식 때 나는 신에게 속으로 맹세를 했다. 신이 나에게 온전한 의사가 되기를 허락하신다면 결혼 후 자식들을 시집 장가보내고 난 후 은퇴를 할 무렵이면 진료실 문을 유감없이 닫고 일 년 동안 주님이 허락하신 곳에서 무급으로 의료 봉사를 하기로……

– 수필 「성경책과 고구마」 중에서

수필은 과거의 경험을 기록하는 글이 아니다. 과거의 경험을 토대로 자아를 성찰하고 새로운 의미를 부여하여 감동을 가져오게 하는 것이다. 작가는 모처럼 망중한(忙中閑)을 즐기던 중 냉장고의 고구마를 꺼내면서 가난했던 어린 시절을 회상하게 된다. 배가 고파 견디기 힘들어서 성경책을 주고 고구마 한 개를 받아먹었던 일을 생각하면서 오랜 세월 죄의식을 가진 일이 있다.

김정곤 작가는 과거를 소환하여 현재를 비추고 미래를 설계하고 있다. 작가는 잠시의 망중한 속에서 발효된 사색을 통하여 자신의 인생 철학을 견고히 하고 있다.

이 외에도 문학성과 철학성이 있는 수필이 많으며 특히 「마음의 내비게이션」 같은 작품은 중수필을 견지하는 철학 수필이다.

3. 순수 예술성을 지향하는 서정성 확보

수필에서 서정성은 매우 중요하다. 함축된 언어로 화자의 정서와 사상을 독자에게 전달하면서 인식의 가치, 정서적 가치, 미적 가치를 주는 동시에 여운을 남게 하는 것이야말로 수필이 지향할 과제다. 한 편의 서사시 속에도 서정적인 감성이나 정서가 깃들기도 하고, 소설 속에도 묘사한 문장이나 서술 기법과 표현에 서정성이 흠뻑 묻어나기도 한다. 수필 역시 그렇다. 한 편의 서사 수필 속에도 스토리 전개를 섬세하고 정적이며 리듬감 있는 유려한 문체로 쓰게 되면 서정성이 확보되는 것이다.

> 아스라한 추억의 뜰로 들어갑니다. 유년의 뜰로 들어갑니다.
> 설령 헤어나지 못한다 하더라도 그냥 가겠습니다.
> 유년의 깃발을 흔들며 달려갑니다.
> 세월의 덮개에 짓눌려 그 깃발의 흔적조차도 희미한데 창밖의 짝을 찾는 매미 울음소리는 왜 저토록 요란한지요. 차라리 마음 놓고 저렇듯 그리움을 토해낼 수 있다면, 애절한 당신에 대한 그리움은 그저 그리움으로 달래고자 합니다.
>
> 그리운 이여, 내 사랑이여!
> 매미 우는 소리를 들으며 노랑나비 한 마리가 곁눈질을 하고

갑니다. 나는 금세 소년이 되어 나비의 작은 손짓에도 얼굴이 칸나보다도 더 붉어지는 것은 웬일일까요?

아득한 시간, 그 시간에 짙게 낀 이끼를 내 입으로 훑어내며 당신을 찾으러 나섭니다. 첫사랑이란 이루어지지 않기에 첫사랑이라고 하지만 칸나의 꽃말처럼 행복한 종말을 위해, 당신에 대한 그리움을 방기할 수만은 없어, 유년의 뜰로 내 첫사랑 당신을 찾아 나섭니다.

치자 꽃향기가 넘쳐나고 탱자나무 울타리로 둘린 그 유년의 뜰로 들어섭니다. 우리의 풋풋한 사랑놀이가 사과나무 익듯이 여물어 갔습니다.
아직도 밤은 깊습니다. 창밖에는 추적추적 장맛비가 내립니다. 간간히 천둥·번개가 치기도 합니다.
58년 전의 유년의 뒤란에는 붉은 장미가 흐드러지게 피어나 있습니다.
테너 박인수가 부르는 '매기의 추억'을 들으며 어린 시절의 친구들 3명과 마음껏 뛰어놀던 그곳으로 나는 갑니다. 중1 내 첫사랑 예경이가 빙긋이 웃으며 어서 오라고 손짓을 합니다.

                                 - 수필 「유년의 뜰」 중에서

학창시절, 큰아버지가 운영하던 병원의 사무장 딸이었던 예쁜 중학교 1학년 소녀에 대한 첫사랑의 그리움을 회상한 수필이다. 김정곤 작가는 58년 전의 기억을 서사적(과거형) 스토리로 쓰지 않고 현재형으로 표현하였다. 수필 창작에 있어서 시제(時制)는 말하는 시간을 기준으로 하여 사건이 일어난 시간의 앞뒤를 표시하는 문법의 범주로서 과거형, 현재형, 미래형으로 구분한다. 같은 사안을 묘사함에 있어 현재형으로 쓰면 문장이 유려하고 서정성이 짙게 될 수 있는데 이 작품은 이러한 장점이 잘 드러난다.

다음 소개하는 서정 수필 속에 서정시가 모자이크된 작품을 보자. 김정곤 작가는 기성 시인이다. 공모전에서 대상을 비롯하여 수상 실적도 있으며 시집도 출간하였다. 어릴 적 부산에 살 때 할머니를 따라 다녀 본 통도사이기에 가끔씩 마음의 변화를 위하여 찾는 곳이다. 같은 소재를 두고 예술적 표현을 함에 있어 어느 장르로 하여도 된다. 작가는 서정 수필을 쓰면서 시적 감흥이 분출되어 수필 속에 시를 혼성하였다. 이러한 작품은 「영축산에 흐르는 생명의 강」 외에도 「엄마와의 영원한 이별」, 「살다 보면」, 「가족이라는 이름으로」 등 여러 작품에서 볼 수 있다.

통도사 연가

오만불손 태풍 하이선 고이 잠재운/ 천년 고찰 영축총림 통도
사/ 지친 영혼 살포시 보듬는 어버이 영축산//

자장율사 온기 스민 무풍한솔길/ 천사백년 묵언수행 솔향기
그윽하고/ 영축산 계곡에 흘러넘치는 깊고도 넓은 생명의 강/
가는 시간 붙들고 시름하지만/ 내 가슴속에도 도도히 흐르고
있네//

잘 살아있었음을 증명하고/ 잘 살아있음을 확인하고/ 잘 살아
갈 것임을 천명하는/ 생명의 강//

어제도 오늘도 끝없이 흘러/ 나를 일깨우고/ 내 영혼을 잠들지
않게 하는/ 깊고도 넓은 생명의 강//

연못 위 금강 계단/ 부처님 진신사리/ 통도를 향하는 길 일러
주고/ 천왕문 옆 가림각/ 도량을 수호하는 법 일깨우네//

석가여래 자비로운 미소/ 처처에 그리움으로 맴돌고/ 서운암
가는 길/ 하늘보다 아름다운 능소화 자존심 지키고/ 장경각 은

은한 풍경소리/ 놀란 금낭화 말없이 지고//

성파 스님 중건한 서운암 삼천불전/ 인류평화, 남북통일 염원 담은/ 십육만사천 도자기 대장경/ 석가여래 대자대비/ 만천하에 고하고/ 자비광명 굽이굽이/ 천년만년 기약하리//

– 수필「영축산에 흐르는 생명의 강」 중에 혼성 시

수필 속에 시를 모자이크하는 기법이 돋보이고 있다. 수필이 실사적인 생활의 기록이라면 시는 원초적인 서정이고, 수필이 앎[知]의 전달이라면 시는 느낌의 표현이다. 수필이 묘사의 군락이라면 시는 이미지의 점철이고, 수필이 자연의 가락이라면 시는 운율의 물결이다. 그러나 그 자아(自我)를 중심으로 소재를 넓히면서 형상화를 통한 심미 작업으로서 예술 본령에는 사실상 일치한다. 김정곤 작가는 진솔한 원형질 속에 농축된 결정체를 삽입하였고, 사실의 결구 속에 심상을 조합하였다. 중요한 것은 주제의 중복이나 해설로 저락하지 않고 수필의 독자성을 지키고 있음이 특징이다.

4. 수필가로서의 견고한 성관

김정곤 작가는 사상과 사고의 흐름을 거침없는 문장으로 묘사하고 있다. 부드러운 문장과 문체 속에는 강인한 의지와 강건한 힘이 솟구치고 있다. 글 속에는 청기(靑氣)와 열기(熱氣), 화기(和氣)가 담겨 있어 독자 마음에 안온하게 안기게 될 것이다.

그의 창작 기법은 다양하다. 수필의 종류 중에서 형식에 따른 분류로서 일기체로 쓴 수필 「한밤에 쓰는 일기」, 「입원실에서 쓰는 일기」가 있고 서간 수필체로 쓴 「아버지 전 상서」, 「아내에게 보내는 편지」, 「의형제」가 있다. 또 기행 수필 형태로 쓴 「김유정문학관을 다녀와서」, 「두 번째 신혼여행」, 「가족이라는 이름으로」 등 다양한 형식을 취하고 있다.

기행 수필 「두 번째 신혼여행」 마지막 문장을 보면 문학적 형상화에서 말하는 객관적 상관물을 도입한 것을 볼 수 있다.

두 번째 온 신혼여행지에서 본 아내의 모습은 40년 전 신혼여행 왔을 때의 모습과 별반 다르지 않다. 지체 장애인이라는 사실을 알고도 선뜻 나와의 결혼을 결심해 주었고 결혼 후 여태까지 한눈 팔지 않고 내조해 준 덕분에 정신건강의학과 의사로 시인으로 열성적인 삶을 살아오고 있다. 이제는 나도 시간적 정신적으로 충분한 여유를 가지고 그동안 못다한 아내 사랑에 정성을 다해야겠다는 다짐을 하고 약속도 했다. 바다만큼이나 맑고 하늘만큼이나 밝은 얼굴로 나를 챙겨 주는 모습에서 우리의 인생 제2막은 해피엔딩으로 끝날 수밖에 없을 것이라는 좋은 예감을 가슴에 품고 연휴 마지막 밤을 보낸다. 오늘 밤 파도소리는 한여름 밤에 듣는 파도소리보다 훨씬 시원하게 느껴진다. 밤새 증인이 되어 주고 친구해 준 송정 해변에게 감사를 드린다.

- 수필 「두 번째 신혼여행」 결미 부분

5. 김정곤 수필의 가치 기준

김정곤 작가의 삶에는 몇 권의 소설이 실려 있고 몇 편의 영화 필름이 돌아가고 있다. 그는 항상 리허설이 없는 연극 무대 주인공으로 서 있으면서 희극과 비극의 주인공으로 출연을 하였다. 이를 지켜보는 관객들은 희극을 보면서 환희를 맛보고 삶의 희망을 가졌고, 비극을 보면서는 카타르시스를 느꼈으리라.

우리 사회가 아무리 과학 시대이고 경제가 우선이 되고 있으나 인간 활동의 최상위 개념은 인문학이 아니겠는가. 그중에서도 문학이 으뜸이라는 걸 이 수필집을 통해서 알 수 있을 것이다.

김정곤 작가는 창조주가 주신 선물 중에서 인간의 본질과 고유 특권을 제대로 누린 사람이다. 이제 그의 남은 인생은 허 치과 원장이 지어 주신 향원(香遠)이라는 아호처럼 맑은 향기가 멀리 퍼지고 군자의 은은한 덕행이 오래도록 전해지는 향원익청(香遠益淸)의 삶이 되기를 염원한다.

추천사 2
박정용(문학평론가)

생명의 江

김 정곤

깊고도 넓은 생명의 강

둘러봐도 보이지 않고

가는 시간 붙들고 시름하지만

그 어디에도 보이지 않는 생명의 강

눈에 보이지 않는 생명의 강

그 강은

내 가슴속에서 어제도

오늘도 흐르고 있나니

보아라!

당신의 마음속 깊은 곳

도도히 흐르는 생명의 강

살아 있음을 증명하고

살아가고 있음을 확인하고

살아갈 것임을 천명하는

생명의 강

내 안에서

끝없이 흐르고 흐르며

나를 일깨우고

내 영혼을 잠들지 않게 하는

깊고도 넓은 생명의 江

그의 詩다. 詩처럼 살아서 움직이는 생물 같은 진솔함이
녹아 있는 수필 세계-!

그가 다루고 있는 문학적 언어의 소박성과 그 진실의
울림은 토속적인 공간으로서의 인간미 넘치는 전통적인
가치와 새로운 현대적 변화를 연결해 주는 정서적 감응력
을 발휘하고 있으며 일상의 체험을 문학적 대상으로 하면

서도 그 소탈함과 절실함을 긴장감 있게 그러고도 차분하게 엮어내는 작가의 공유력은 누구도 흉내 낼 수 없는 문학적 경지를 이룬 것으로 평가된다.

아무리 머리가 좋고 기억력이 좋다 해도 과거의 고리를 끄집어낸다는 것은 쉬운 일은 아니다. 특히 작가는 부박한 모더니즘에 휩싸이지 않고 격정적 이념에도 얽매이지 않고 오로지 인간 내면의 정서적 균형과 절제력 있는 언어를 가꾸고 지키면서 감미롭게 또 은근하게 또 시크하게 무장한 편편의 작품들이 많은 사람들을 감동시킬 것이라는 데 의심할 여지가 없다.

특히 '돈이 나오나 밥이 나오나' 하는 작품을 읽다 보면 이 작가가 살아온 평생의 꿈과 목표가 무엇인지 헤아리게 한다. 의사라는 직업이 그리 쉽게 얻어지는 것도 아니고 또 신체적 정신적으로 가장 나약해졌을 때 찾아오는 환자를 돌봐야 하는데 정작 본인 스스로의 몸도 가누기 힘든 상태로 의과대학을 지원한 사연은 요즘 젊은이들에게는 크나큰 용기와 희망이 되리라 확신한다.

주옥같은 인생 경험을 넘치지 않는 고요한 여백의 힘같이 써내려간 수필집 《아파봐야 세상이 제대로 보인다》는 텍스트 같은 인생의 소중한 줄기라고 평하고 싶다.

책을 보다 보면 나이를 가늠하기 힘들다. 어느 땐 소년같이 또 어느 땐 살아 있는 호랑이의 포효처럼 시대를 거침없이 질책할 땐 청년의 힘이 글 속에서 살아 나왔다.

의사도 사람이고 생활인인지라 엘리트 중의 엘리트들의 투쟁에 앞장서 소위 수배자의 생활도 해본 겪지 않아도 좋을 일도 경험한 작가이기에 그의 전공 영역인 정신건강의학과에서도 독보적 활동과 경험이 곳곳에 묻어나오고 있다.

그는 동주(윤동주)를 사랑하고 그 정신을 이어 나가는 일에도 기꺼이 앞장서 일하고 문학의 편식이 아닌 다양성을 실천해 나가면서 사는 시대의 보물 같은 작가이다.

천천히 두고두고 읽어야지 하는 생각에 책을 펼치면 접어 쉬게 하지 않는 마력이 그 속에 있다.

살아 있는 생활이 그리고 익어 벙그러지는 농밀한 연륜이 실드를 치고 가을비처럼 파고드는 수필집이다.

2020년 9월 17일

추천사 3

이병렬(우석대학교 교수)

김정곤 작가의 수필을 읽고

모르는 사람이 쓴 수필집을 읽고 서평을 해 달라는 부탁을 받았습니다. 하긴 모든 책이 아는 사람에게 읽혀지는 경우는 드물지요.

서평 부탁이라서 많이 망설였지만 보내온 원고를 읽어보는 예의는 갖추어야겠다고 생각하고 든 수필은 내 인생의 커다란 감동과 연민과 용기와 친근함으로 다가왔습니다. '인생은 외줄기 여행길이다'라는 얘기가 떠올랐습니다.

여행을 떠나는 일은 길 위에서 내가 간절히 만나고 싶었던 또 하나의 나를 만나는 것이었습니다. 또 하나의 나, 또 하나의 인생을 확인하고 싶어 떠나는 것처럼…

그를 만나러 떠난 나의 여행길은 評이 아닌 나를 돌아보게 하고 나의 남은 길을 가르쳐 준 것이 되었습니다.

누가 얘기했지요. 인간은 마음먹기에 따라 스스로를 재창조할 수 있는 존재라 믿으며 시간의 흐름에 '잃어가는 나'를 찾고 잊혀 가는 너를 찾아보고 싶은 강렬한 그리움이 있었기 때문이라고…

하지만 여행은 누구나 하는 일상적 행위이듯 책을 읽는 일과 서평을 쓰는 일은 사람마다 다르겠지요. 그것과 같이 길 위의 향기가 다르듯 책 속에 들어 있는 내용 또한 다르기 때문입니다.

여행과 같았던 작가의 삶이 신산(辛酸)하게 때로는 용기와 위로로 다가왔습니다. 도대체 김정곤 그가 누구란 말인가. 사람들은 익숙한 것에 익숙해 있습니다. 선뜻 나서기 어려웠던 시절의 여행처럼 작가의 삶이 파면 팔수록 퍼즐의 모호 속 그림 같습니다.

생이 아무리 크고 힘든 어려움에 봉착해도 이 한 권의 잔잔한 수필집을 읽고 나면 그 길을 찾을 것입니다.

마치 온갖 풍상을 겪고 서 있는 큰 나무 한 그루가 거기 서 있는 것처럼

2020년 9월 16일

목차

1부 성경책과 고구마

2부 바보 의사

3부 노당키

앞집에 사는 아이가 성경책이 필요한데 성경책을 주면 고구마를 한 개 주겠다는 것이었다. 그때까지는 종교가 없었던 나이지만 성경책이 어떤 책인지도 알고 병실에서 틈틈이 보던 것이었기에 망설일 수밖에 없었다. 고민 고민 끝에 결국 입원 중에 간호사 누나가 선물로 준 그 성경책을 고구마와 바꿔 먹었다. 굶주림이 얼마나 고통스럽고 무서운 것인가를 그때 처음 알았다. 동생이 성경책과 바꿔 온 그 고구마가 얼마나 달고 맛있었는지 표현하기조차 어렵다.

1부

성경책과 고구마

유년의 뜰

01   아스라한 추억의 뜰로 들어갑니다. 유년의 뜰로 들어갑니다. 설령 헤어나지 못한다 하더라도 그냥 가겠습니다.

유년의 깃발을 흔들며 달려갑니다.

세월의 덮개에 짓눌려 그 깃발의 흔적조차도 희미한데 창밖의 짝을 찾는 매미 울음소리는 왜 저토록 요란한지요. 차라리 마음 놓고 저렇듯 그리움을 토해낼 수 있다면, 애절한 당신에 대한 그리움은 그저 그리움으로 달래고자 합니다.

그리운 이여, 내 사랑이여!

매미 우는 소리를 들으며 노랑나비 한 마리가 곁눈질을 하고 갑니다.

나는 금세 소년이 되어 나비의 작은 손짓에도 얼굴이 칸나보다도 더 붉어지는 것은 웬일일까요?

아득한 시간, 그 시간에 짙게 낀 이끼를 내 입으로 훑어 내며 당신을 찾으러 나섭니다.

첫사랑이란 이루어지지 않기에 첫사랑이라고 하지만 칸나의 꽃말처럼 행복한 종말을 위해, 당신에 대한 그리움을 방기할 수만은 없어, 유년의 뜰로 내 첫사랑 당신을 찾아 나섭니다.

치자 꽃향기가 넘쳐나고 탱자나무 울타리로 둘린 그 유년의 뜰로 들어섭니다.

우리의 풋풋한 사랑놀이가 사과나무 익듯이 여물어 갔습니다.

아직도 밤은 깊습니다. 창밖에는 추적추적 장맛비가 내립니다. 간간히 천둥·번개가 치기도 합니다.

58년 전의 유년의 뒤란에는 붉은 장미가 흐드러지게 피어나 있습니다.

테너 박인수가 부르는 '매기의 추억'을 들으며 어린 시절의 친구들 3명과 마음껏 뛰어놀던 그곳으로 나는 갑니다. 중1 내 첫사랑 예경이가 빙긋이 웃으며 어서 오라고 손짓을 합니다. 자살로 짧고도 짧은 생애를 마감한 중2 여자 친구도 함께 미소 짓고 있습니다.

옛날의 금잔디 동산에 매기같이 앉아서 놀던 곳
물레방아 소리 들린다
매기 내 사랑하는 매기야
동산 수풀은 우거지고 장미꽃은 만발하였다
옛날의 노래를 부르자
매기 내 사랑하는 매기야

그동안 희미했었던 첫사랑의 얼굴이 더 또렷하게 떠오릅니다.

뒤란에서, 뒷동산에서 술래잡기하며 천방지축으로 뛰어놀던 그때가 그립습니다. 사랑이 무엇인지조차 모르고 마음껏 좋아하고 마음껏 뛰어놀던 그때가 새삼 더욱 그리워집니다.

비는 이제 장대비가 되어 하염없이 내릴 기세입니다.

내가 처음 예경을 만난 것은 시골에서 자그마한 동네 의원을 운영하시는 큰아버지 집으로 거처를 옮기면서부터입니다.

큰아버지 병원의 사무장 겸 병원집 주인의 딸이 예경이라는 이름만큼이나 예쁜 중학교 1학년 학생이었습니다. 그녀의 아버지의 부탁으로 초보 영어를 가르쳐 주게 되었고 바로 이웃에 살다 보니 서로 자연스럽게 정이 들었습니다.

당시 처음 나온 과자 중에 '달고나'라는 것이 있었는데 내 이름이 '정곤'이다 보니 내 별명이 '달고나'가 되었고 나를 부를 때도 '달고나'라고 부르는 경우가 많았습니다. 시간이 가면서 서서히 정이 깊어졌고 내가 사랑 고백을 하기 전에 나는 사고로 척추를 다쳐 오랫동안 병원 신세를 져야 했습니다.

3년여 만에 다시 만났을 때에는 예경은 이미 여고생이 되어 있었습니다.

그녀는 남자 친구가 있는 눈치였습니다. 이후 몇 번 그녀의 학교를 찾아가 하교하는 길에 만나고 싶었으나 감히 용기를 못 내고 먼발치에서 바라다보다가 안타까운 마음으로 아쉬운 발길을 돌려야했습니다.

나의 첫사랑 예경은 지금 이 시각 어디에서 누구랑 살고 있을까요?

　천둥·번개 소리에 놀라서 잠에서 깬 손주들을 다독이고 있을지도 모르겠네요.

　나는 '매기의 추억'을 다시 듣습니다. 이번에는 합창곡으로 듣고 있습니다.

　아련한 회상에 장맛비만큼이나 흠뻑 젖습니다.

　58년 전 마음껏 뛰어놀고 마음껏 좋아하고, 마음껏 꿈을 키웠던 그 뒤란과 그 동산이 오늘 한 시인을 키워낸 뜨락이었습니다.

호떡 장수 아저씨

중2 겨울 방학을 며칠 앞둔 어느 날 하교 후 나는 갈 곳이 없어서 방황을 하고 있었다. 엄마가 하늘로 가서 별이 되시고 아버지는 돈벌이 가신다고 집을 나가신 후 소식이 끊긴 터라 4남 1녀는 뿔뿔이 흩어져 이 집 저 집에서 눈칫밥을 먹으며 학교를 다녔다. 형과 누나는 고등학생이라 입주 가정 교사라도 할 수 있었지만 어린 나를 선뜻 받아주는 곳은 아무 곳에도 없었다.

아침에 큰집에서 나올 때 "오늘 오후에 둘째가 제대해서 집에 온다고 하니 학교 끝나면 너

02

의 외갓집으로 가거라." 라는 큰어머니 말씀이 있으셨다. 얼마 전에 외갓집에서 나와서 큰집으로 간 터라 다시 외갓집으로 갈 수가 없었다.

바람은 차고 배는 고프고 신세가 하도 처량하여 저절로 눈물이 나왔다. 밤은 깊어 자정 통금 시간이 다 되어 가는 시각에 내 눈 속에 반가운 호떡 수레가 들어왔다. 무작정 들어간 수레에는 아저씨가 아주머니와 함께 그날 장사를 끝낼 준비를 하고 있었다. 나는 다짜고짜로 "아저씨! 그 연탄불 끄지 마세요. 저 오늘 여기서 자야 돼요." 라고 말했다.

아저씨는 교복을 입은 채로 울면서 말하는 나를 보더니 "너 부모님께 야단맞고 가출을 했지? 이 녀석아! 부모란 다 제 자식 잘되라고 야단도 치고 매도 들고 그러는 거야. 집에서 걱정하고 계실 테니 어서 집으로 가거라!" 라고 말씀하시면서 팔다가 남은 호떡을 두어 개 주고는 연탄불에 물을 부어버리는 것이었다.

울면서 호떡을 먹는 사이에 연탄불은 꺼지고 아저씨는 빨리 집으로 가라고 재촉을 하셨다. 고아 아닌 고아 신세가 된 나는 대성통곡을 하기 시작했다. 당황한 아저씨는 어쩔 줄 몰라 했다. 밤의 깊이는 더해 가고 겨울바람은 더욱 거세졌다. 눈발은 언제 그칠지 모르고 계속 이어지고

#의대졸업여행

연탄불은 서서히 꺼져 갔다. 마치 우리 집이 망해 가는 모습처럼.

눈물을 잔뜩 머금고 주절주절 지껄이는 내 얘기를 들은 아저씨는 "참 기막힌 사연이구나." 하시면서 한숨을 내쉬었다. 혀를 끌끌 차시던 아저씨의 손은 어느새 내 두 손을 꼭 잡고 있었다. 따스한 온기가 그대로 전해졌다. 아저씨는 여기서 자면 얼어 죽을 수 있다며 자기 집에 함께 가자고 했다. 아저씨 집에 갔더니 단칸방에 애들이 세 명이나 자고 있었고 나는 자는 둥 마는 둥 웅크리고 있다가 아침에 아주머니가 끓여 주시는 우거지 죽을 맛있게 먹고 등교 준비를 하는데 아주머니가 내 등허리를 쓰다듬으며 말씀하셨다.

"젊어서 고생은 황금을 주고 사서도 한단다. 부디 용기를 잃지 말고 열심히 살아야 해!"

아주머니께 감사하다는 말씀을 드리고 학교로 가는 길 내내 마치 수도꼭지를 틀어놓은 것처럼 눈물이 그칠 줄을 몰랐다. 내 머릿속에는 고생, 황금이란 단어가 반복해서 되뇌어지고 교문 앞에 와서야 겨우 스스로를 진정시켰다.

이후 본과 3학년 때까지 가정 교사 생활을 하며 간신히 의대를 졸업하게 되었다. 인턴을 끝내고 다시 찾아간 그곳에는 호떡 수레는 이미 없어졌고 아저씨는 어디로 이사를 갔는지 아는 사람이 아무도 없었다. 10년이면 강산도 변한다고 했는데, 16년이란 세월이 지났으니…

그러나 그토록 따뜻했던 온기는 여전히 그 자리에 그대로 남아 있는 것 같았다.

지금도 그립고 그리운 호떡 장수 아저씨!

내가 의사가 되고 시인이 된 오늘의 나를 있게 해준 고맙고 고마운 호떡 장수 아저씨! 아주머니! 어느 별에 살고 계신지요. 아저씨, 아주머니의 그 크신 은혜에 대한 감사 인사를 대신 다른 분들에게 곱절로 하겠습니다.

'노블레스 오블리주'를 꼭 실천하겠습니다.

언제가 될지는 모르겠지만 다시 만날 날까지 안녕히 계세요.

성경책과 고구마

03

오늘은 휴일이라 모처럼 소파에 누워 이리 뒹굴 저리 뒹굴 망중한을 즐기고 있는데 갑자기 시장기가 돌았다. 간식을 먹고 싶은데 외출한 아내는 귀가할 기미도 없다. 주방에 들어가 냉장고 문을 여니 삶은 고구마가 눈에 들어온다. 그러나 선뜻 고구마를 꺼내지 못한 채 어린 시절의 아픈 추억에 사로잡히고 말았다.

중학교 2학년 때 척추를 다쳐 장기간 병원에 입원한 적이 있다. 19개월 동안 병실 생활을 하면서 다섯 번이나 수술을 받았다.
그러나 퇴원할 때까지 걷지도 서지도 못해

휠체어에 의지해 오랜만에 집으로 돌아왔다. 그런데 오랫동안 침대 생활을 했던 나는 이불을 깔았어도 마치 바위에 누운 느낌이다. 방은 온기가 없어 썰렁한데 일어설 수 없다는 자괴감과 절망감은 나를 더욱 힘들게 했다. 그러나 그보다 더 힘든 것은 배고픔이었다. 아무리 찾아봐도 집에는 물 이외에는 먹을 것이 아무것도 없었다. 그런데 초등학교 다니던 막냇동생의 제안에 나는 그만 영혼을 빼앗기고 말았다.

앞집에 사는 아이가 성경책이 필요한데 성경책을 주면 고구마를 한 개 주겠다는 것이었다. 그때까지는 종교가 없었던 나이지만 성경책이 어떤 책인지도 알고 병실에서 틈틈이 보던 것이었기에 망설일 수밖에 없었다. 고민 고민 끝에 결국 입원 중에 간호사 누나가 선물로 준 그 성경책을 고구마와 바꿔 먹었다. 굶주림이 얼마나 고통스럽고 무서운 것인가를 그때 처음 알았다. 동생이 성경책과 바꿔 온 그 고구마가 얼마나 달고 맛있었는지 표현하기조차 어렵다.

이후 한동안 죄책감에 시달리다가 이듬해 성당에 다니기 시작했다. 몇 개월 동안 교리 공부를 하고 간단한 시험을 본 후 영세를 받았다. 영세를 받을 때 신부님께 고해성

#의대졸업사진

사를 하지 않을 수 없었다. 이탈리아에서 선교를 나오신 신부님이셨는데 한국말을 아주 유창하게 하셨다. 그 신부님께서는 "내가 너라도 그렇게 했을 거야." 라고 위로의 말씀을 해주셨지만 55년이 지난 지금까지도 내 마음속에는 죄로 그리고 빚으로 남아 있다.

굳이 장발장의 예를 들지 않더라도 굶주림이 극에 달하면 어쩔 수없이 죄를 지을 수밖에 없는 것이 나약한 인간의 본래 모습이라고 생각하면서도 스스로도 용서가 되지 않는 어린 시절이었다. 점차 성장하면서 식욕과 성욕과 수면욕이 인간의 삼대 본능이라는 것을 알게 되었다. 그러면서 죄의식의 사슬에서 스스로 풀려날 수가 있었다.

의과 대학을 어렵게 다니고 드디어 졸업을 하게 되었다. 의과 대학 졸업식 때는 졸업장을 받고 난 후 히포크라테스 선서를 한다. 히포크라테스 선서식 때 나는 신에게 속으로 맹세를 했다. 신이 나에게 온전한 의사가 되기를 허락하신다면 결혼 후 자식들을 시집 장가보내고 난 후 은퇴를 할 무렵이면 진료실 문을 유감없이 닫고 일 년 동안 주님이 허락하신 곳에서 무급으로 의료 봉사를 하기로.

병들고 굶주린 상황 속에서도 그동안 성실하게 착하게 잘 살았다고 스스로에게 위안을 주면서 맛있게 고구마를 먹으며 다시 한번 다짐을 했다.

이제는 아들이 정신건강의학과 전문의가 되어 나와 함께 진료실을 지키고 있으니 마음 든든하고 내년 봄쯤 아들이 장가만 가면 병원 경영권을 넘겨 줄 작정이다. 내년 이맘 때쯤이면 홀가분한 마음으로 주님과의 약속을 지키기 위해 아니 스스로의 약속을 지키기 위해 책 몇 권 챙겨 들고 주님이 가라는 곳으로 가는 즐거운 꿈을 꾸면서 고구마 한 입 더 물고 냉커피 한잔으로 휴일 낮의 망중한을 허락하신 신에게 감사를 드린다.

하루 종일 내리던 봄비가 그치고 화창한 얼굴을 내비친 하늘.

오늘은 양산 통도사에서 제9회 전국문학인 꽃축제가 있었다. 시화전을 비롯해 시극 '훈민정음과 신미대사' 공연, 학춤 공연, 꽃시, 백일장 등 다양한 행사가 있었다. 금낭화를 비롯한 갖가지 꽃들이 저마다의 멋을 한껏 뽐내는 통도사 서운암은 그야말로 무아지경에 빠질 정도의 사월의 아름다움을 자랑하고 있었다. 이명복 한국문인협회 이사장을 비롯해 정영자 한국문인협회 고문, 영축문학회, 영남문학회, 문학시선 등 전국에서 모여든 문인들 그리고

04

일반 시민 등 700여 명이 참여했다.

　서운암에서의 비빔밥 공양 시간은 허기진 배를 채워줌과 동시에 빈 영혼을 함께 채워 주는 좋은 시간이었다. 오랜만에 만난 시인, 처음 인사를 나눈 시인들도 있었지만 문학에 대한 열정이 진정 어떤 것인가를 경청하는 유익한 시간이었다. 비록 짧은 시간이었지만 나에게는 문학에 대한 자세를 가다듬는 소중한 만남이었다.

　울산 방어진 항구 진주 횟집에서의 문학시선 번개 뒤풀이는 즐겁고 행복한 시간이었다. 문학시선 봄 행사 후 2주 만의 만남이었지만 서울에서 양평에서 부산에서 참석한 '문학과 시선' 가족들의 수다는 끝이 없었다. 해가 떨어지자마자 우르르 노래방에 몰려가서는 숨 고를 틈도 없이 마이크를 잡는 솜씨가 예사롭지 않았다. 잠시의 틈도 없이 열창은 계속되고 차 작가와 최 화가의 듀엣은 분명 처음인데도 마치 몇 개월을 연습한 것처럼 환상적인 호흡과 하모니를 뽐내었다. 강 작가의 춤은 무아지경이었고 전 작가의 춤 또한 그 배만큼이나 넉넉하였다.

　박 회장님의 중국 노래에 넋이 나가고 만 명 중 한 명 있을까 말까 하는 절대 음치인 나도 노래를 부를 수밖에 없

었다. 강 민요 가수의 가곡 열창이 더하여 그 분위기가 절
정에 달할 무렵 먼 길 가야 하는 분이 있어 아쉬운 마무리
를 하고 마신 술도 깰 겸 해서 찻집을 찾았다. 시골 어항이
라 커피숍은 찾을 수가 없었고 다방이라는 간판이 시야에
들어왔다. 오랜만에 정말로 오랜만에 간 다방 그 이름이
'비목다방' 이었다.

들어서자마자 신 작가는 담배 냄새에 거의 질식을 하였
다. 나에게는 20년 만에 보는 계란 넣은 쌍화차가 신기하
게 느껴졌다. 우리는 잠시 문학시선의 향후 발전 방안에
대해 논의하였다. 그리고 자정이 가까운 시각에 대리운전
을 불렀다.

두 분의 작가를 숙소에 내려주고 집으로 오는 길!

나에게는 오늘 중 가장 소중한 시간이었다. 비록 짧은 시
간이었지만. 회사 다니다 몸을 다쳐 사직하고 밤 10시부
터 다음 날 새벽 6시까지 대리운전을 하고 있다는 젊은이
의 넋두리를 들으며 오늘의 대한민국 자화상을 보는 것 같
아 가슴이 아려 왔다.

자필 서명한 내 시집 『자화상』을 받아 드는 그의 양손이
가늘게 떨리는 것을 어둠이 짙게 깔린 지하 주차장임에도
분명 느낄 수 있었다. 그 떨림보다 훨씬 심각하게 떨리고
있는 한국의 경제를 걱정하면서 승강기에 지친 몸을 실었

다. 늦은 시간이어서 승강기에는 당연히 나 혼자이었으므
로 알 수 없는 외로움이 한꺼번에 몰려들고 있었다.

2019년 3월 26일 화요일 하루는 어쩌면 내 일생에서 가장 행복한 하루였을지 모르겠다. 어제 칠순 생일날 새벽 2시부터 5시까지 수차례 화장실을 들락날락했지만 오줌 한 방울 볼 수가 없었다. 하기야 그저께 일요일 오후 아내 차로 경산에 있는 모 병원 장례식장에 문상을 갔다가 문상을 끝내자마자 그 길로 그 병원 응급실로 가서 응급처치를 받았으니 소변을 못 보는 것이 당연지사일 것이다. 소변을 호스로 1400cc나 빼면서 응급실 당직 의사로부터 방광이 터지기 직전에 왔다며 이렇게 미련한 사람이 어디 있냐는 면박을 받고 보니 40년 동안

의사로 산 것이 맞나 싶을 정도로 한심한 지경이었다.

간신히 울산 집으로 내려왔음에도 하룻밤 자고 나면 나아지겠지 하고 새벽까지 미련 아닌 미련을 떨고 있었으니 스스로 생각해도 이런 미련퉁이는 없겠다 싶었다. 그러면서도 아내에게 미안해서 새벽 5시까지 뜬눈으로 날밤을 새우다가 둘째아들이 준비해 준 생일 축하 케이크를 자르지도 못한 채 서둘러 대학병원 응급실로 향했다. 방광염이라는 친구의 손에 이끌려온 것이다. 그 황망함이란 열흘 전 매형이 교통사고로 응급실에서 돌아가셨다는 소식을 들었을 때와 비슷했다.

진료실 문을 닫고 장례를 치르고 돌아와 미처 못 본 엄청난 수의 환자들을 보고 난 지난 월요일 저녁 이번에는 부산에 사시는 큰 매형이 돌아가셨다는 전갈을 받고 피곤한 몸과 마음을 달랠 겨를도 없이 또 장례식장에 다녀왔다. 시집 출간을 위한 마무리 작업 도중 연속해서 상을 두 번이나 치렀으니 병이 안 나는 것이 이상할 정도였다. 응급실을 거쳐 병실로 오는 과정 역시 그리 녹록지 않았다. 참으로 다행스러운 것은 수술 없이 약물 치료만으로도 퇴원할 수 있다는 담당 교수님의 말씀이었다. 응급실 신세를 지는 일이 일상에서 그리 흔한 일은 아니다. 입원 수속을 밟고 있는 시각 정신건강의학과 의사인 큰아들이 보낸 축하 난은 내 진료실로 오고 있었다. 선친께서는 2000년 가을에 85년간의 소풍을 마치시고 하늘나라에 드셨는데 평생 병원에 입원 한 번 하신 적이 없으셨다. 뿐만 아니라 돌아가실 때도 점심 드시고 잠시 노인정에 들러 친구들과 담소를 나누시다가 벽에 등을 기대신 채 그대로 호흡을 거두셨다고 한다. 아버지의 임종을 못 지킨 불효자의 낙인은 찍혔지만 지금 생각하면 하느님이 아버지에게 주신 큰 축복 마지막 은혜였을 것이라는 생각도 해본다.

나는 69년을 살면서 그것도 의사로 40년을 살면서 위암 수술, 소장 수술 등 무려 15번의 수술을 받았다. 결국은 2급 장애인이 되었지만 드라마보다 더 드라마 같은 몇 번의 과정을 거쳐 정신건강의학과 의사로 아직도 진료실을 운영하고 있다. 나는 의과 대학에 합격하고도 신체적 조건으로 불합격될 위기에 처했었다. 그런데 다행스럽게도 너무나 다행스럽게도 그해 수석으로 합격한 학생이 나와 비슷한 지체 장애가 있어 나는 그 친구 덕분에 덤으로 최종 합격하게 되었다. 무슨 인연인지는 몰라도 그와는 지금 같은 울산에서 개원을 하고 있으면서 막역한 친구로 지내고 있다. 그뿐만이 아니다. 전문의 시험이 끝난 날 오후 막상 집으로 돌아가려고 서울대병원 택시 승강장에 섰는데 마치 힘껏 불다 놓아버린 풍선처럼 갈 바를 모르겠다. 이 시

#대학시절의 망중한

험 보려고 이렇게 힘들게 달려왔나 하는 허망함과 그래도 해냈다는 대견함이 교차되면서 묘한 기분이 들었다. 일단 아버지께 인사부터 드려야겠다는 생각으로 청주행 고속버스에 전문의 시험공부에 지친 몸을 던졌다. 평생 멀미라고 모르던 나인데 버스가 출발하고 30여 분쯤 지나자 속이 메슥거리고 머리가 아파오기 시작했다. 처음에는 시험이 끝나 갑자기 긴장이 풀린 탓이려니 했었다. 그러나 그것이 아니었다. 내 인생 13번째 수술을 예고하고 있었던 것이다. 말 그대로 교과서 같은 맹장염 증상이 나타나고 있었다.

아버님께 큰절을 올리고 차 한잔 하면서 모처럼 부자간 담소를 나누려고 하는데 구토 증상과 복부 통증이 함께 나타났다. 평생을 연약한 아들 때문에 늘 노심초사하신 아버지는 놀라셔서 당장 병원에 가자고 하셨다. 미련퉁이인 나는 하룻밤만 지켜보자고 버티었고 다음 날 새벽 결국 나는 대학 선배에게서 수술을 받았다. 그 선배는 "기똥차게 재수 좋은 사나이"라는 찬사 아닌 찬사를 선물로 주었다.

칠순 생일날 아침에 응급실로 입원하는 경우가 흔하지는 않을 터이지만 나는 긍정적으로 생각하기로 작정했다. 불경에 갱사수명전화위복!(更賜壽命轉禍爲福!)이란 말이 있듯이 이 위기 아닌 위기를 잘 넘기고 앞으로는 내 건강을 스스로 더 잘 챙긴다면 분명 향후 최소 10년은 더 건강하게 사는 전화위복이 될 것이라 믿는다.

지금 이 시간에도 나에게 진료를 받으러 왔다가 원장이 응급 입원했다는 말을 듣고 원망 반 걱정 반으로 씁쓸하게 돌아갔다는 직원의 이야기를 들으니 환우들께 죄송한 마음이야 이루 말할 수가 없다. 그러나 이 또한 부득이 한 일이니 향후 은혜를 갚는 마음으로 더 진솔하고 열성적인 자세로 환우들을 대하여야겠다는 다짐을 해본다.

빈래희귀!(嚬來喜歸!) 찡그리며 왔다가 웃으며 돌아갈 수 있게 하는 진정한 정신건강의학과 의사가 되고 싶다. 내년에는 지금 원무실장으로 일하고 있는 차남과 부원장인 장남과 함께 자그마하지만 제대로 갖춘 화기애애한 진료실을 만들어 보려는 구상에 오히려 이 시간이 나에게는 더 이상 값진 시간이 아닐 수 없다. 입원 하루 만에 상태도 예상외로 호전되어 일주일 후쯤에는 내 진료실에서 밝고 맑은 얼굴로 오랜 환우들을 맞이할 생각에 벌써 가슴이 설렌다.

눈발이 은빛가루처럼 흩날리는 2월 하순 어느 날, 겨울의 끝 무렵인데도 유난히 추운 날이었다. 수업을 끝내고 집으로 가는 길. 집 앞 모퉁이에서 나는 잠시 걸음을 멈추고 집에 들어갈 것인가 말 것인가를 고민하고 있었다. 그날은 고등학교 2학년 최종 성적표가 나온 날이었다. 멈칫거리다 집 마당에 들어선 순간 학교에서 돌아온 나의 눈에 가장 먼저 들어온 것은 담배 연기였다.

'오늘도 아버지는 고민거리가 생겼구나'. 아버지는 골초는 아니었지만 걱정거리가 생기면 어머니를 피해 마당에서 담배를 피우는 습관

06

이 있었다. 마당에 들어서자마자 초조한 눈빛으로 나를 잠시 쳐다보다 방으로 들어가자고 하신다.

아버지는 이미 2학년 최종 성적표가 오늘 나온다는 사실을 알고 계셨다.

부자는 믹스커피에서 피어나오는 커피 향을 음미라도 하는 듯 아무 말이 없었다. 커피가 식기를 기다리는 척 아버지도 천장만 바라볼 뿐이었다. 잠시 침묵이 흐르고 아버지의 손이 담뱃갑에 닿는 순간 나는 슬그머니 성적표를 꺼내 아버지 앞에 마치 범인이 수사관 앞에 자술서를 제출하듯 내밀었다. 아버지는 담배 한 개비를 떨리는 손으로 집었다. 담배에 불을 붙이는 것과 동시에 내 성적표를 확인하셨다.

반 성적과 학년 전체 성적을 확인하신 아버지의 입에서는 "아!" 하는 짧은 탄식이 흘러나왔다. 학년 전체 성적이 124등이었다. 2학년 전체 성적이 120등 이내이어야 3학년 때 특수반에 들어갈 수가 있다. 그런데 124등이라니. 나도 학교에서 성적표를 받아든 순간 아찔했었는데, 특수반으로의 진급을 기대하셨던 아버지는 오죽하실까.

그 당시 우리 학교는 지금은 상상할 수도 없는 제도를 시행하고 있었다. 입학할 때 성적이 1등이면 1학년 1반 실장, 2등이면 2반 실장, 3등이면 3반 실장, 이런 식으로 성적순으로 반을 배정하였다. 2학년도 이런 식으로 반 배정을 하는데 문제는 3학년이었다. 3학년은 2학년 전체 성적을 기준으로 문과 특수반 60명과 이과 특수반 60명을 뽑았다. 124등은 특별한 재주가 없는 한 특수반 진급을 할 수가 없었다.

아버지와 수개월 간의 투쟁 아닌 투쟁 끝에 가톨릭 신학 대학을 가서 신부의 길을 걷겠다는 나의 의지가 꺾이고, 차선의 국문학과 진학의 꿈도 좌절되고 아버지의 강요 아닌 강요로 이과 반을 선택할 수밖에 없었다.

문제는 아버지께서는 한사코 특수반으로 진급해야 한다는 것이었다.

성적이 모자라니 3학년 때 제 스스로 최선의 노력을 해서 반드시 의과 대학을 가겠다는 아들의 다짐에도 아버지는 커피가 다 식어 가는 데도 다른 날답지 않게 연신 담배를 피우고 계셨다. 어서 저녁 식사 하라는 어머니의 독촉이 없었다면 언제까지 벌을 서듯 앉아 있을 수밖에 없는 노릇이었다. 어머니의 "어서 저녁 식사 하세요."라는 말씀이 나에게는 구원의 목소리로 들렸다. 저녁 식사 하는 자리에서 아버지는 드디어 묘안을 내셨다. 말씀인즉슨 채점 기준이 말이 안 되는 것이라는 의견이셨다. 다음 날 아버지와 국어 선생님이 우리 집에서 만나셨다. "국어, 수학, 영어 성적도 100점 기준이고 체육과 음악, 미술 성적도 100점 기준은 말이 안 된다. 하지 지체 장애인 아이가 기준 점수인 60점만 받은 것은 불공정한 것이다."라고 주장하셨다.

당시 나의 국어 성적은 항상 전교에서 최상위권을 달리고 있었고 시험 후 채점은 학생인 데도 불구하고 국어만은 선생님께서 나에게 맡기실 정도였다. 그런데 지금 시대에서는 상상도 못하는 불가사의한 일이 벌어졌다. 이과반 특수반에 59등이라는 성적으로 간신히 진급하게 된 것이다. 특이하게도 내가 다닌 고등학교는 3학년 특수반은 명찰도 다른 반과 다른 색깔이었다. 다른 학생들 특히 타 학교 여고생들에게는 선망의 대상이 되기도 했다. 대학 진학 후 여고생들과의 미팅도 서로 특수반 출신들끼리만 했을 정도로.

아버지의 극성 덕분인지 나 자신의 노력 덕분인지는 아직도 알 수가 없지만 아무튼 나는 청주고등학교를 졸업하던 그해 의과 대학에 합격하게 되었다.

그때 내가 특수반으로 진급하지 않았었다면 과연 오늘의 내가 있을 수 있었을까?

형
님
의
편
지

장대비를 뚫고 아무 동반자도 없이 혼자 운
전하고 영덕 강구항으로 온 장애인 동생이 무
척 염려스러웠던가 보다. 장문의 편지를 보내
오셨다.

어제도 혼자 가도 된다는 동생이 미덥지 못
해 춘천까지 동행하셨고 춘천을 거쳐 신경주
역까지 운전대를 건네주지 않았다. 팔순을 눈
앞에 두고 있는 형으로서는 부실한 동생이 빗
속을 뚫고 먼 길을 다니는 것이 안쓰럽기도 하
고 걱정도 많이 되셨을 것이다. 어젯밤 신경주
역까지 나를 데려다주고 열차로 청주 댁으로

07

돌아가는 아버지 같은 형님의 뒷모습을 보며 나는 그렁거리는 눈물을 애써 감추었다. 밤늦게 청주에 도착한 형님이 피곤하실 터인데도 자지도 않고 장문의 편지를 보내셨다. 자주 편지를 주고받고 있으나 오늘처럼 이렇게 긴 편지는 여태 없었다.

내 동생 정곤아!

(중략)

어쨌든 이제 너는 네 건강만 챙기자! 부탁인데 담배하고 커피 그거 제발 대폭 줄이든지 안 했으면 좋겠다. 스트레스 안 받을 수는 없겠지만 그게 널 위로하지는 않아. 그리고 이제 너도 좀 이기적으로 살아라. 베풀지만 말고 너 자신만을 위해 살아라. 문학도 너 전부를 바쳐 매달리지 말고 여유가 될 때만 작품 활동을 했으면 하는 게 형의 솔직한 심경이다. 못난 형이라 참 부끄럽고 늘 미안하구나. 오늘은 일찍 잘 자고 다음에 또 연락하자.

(후략)

　형님의 편지를 받고 한참이나 먹먹했었다. 나도 모르게 담배를 피워 물고 묵상을 한다. 작년 내 칠순 생일날 아침 상을 입원실에서 받았다.

누구의 요청인지 아니면 우연인지는 알 수가 없었지만 여하튼 미역국은 먹었다. 내가 생각해도 참 이상한 삶을 살고 있는 자신이 이해가 잘 안 되는 지경이다. 나와 함께 40년을 살아온 아내도 나에 관해 절반밖에 모른다.

칠순 날 저녁에 병문안 겸 칠순 축하 인사 겸해서 나의 평생 주치의인 김 원장 내외가 내 병실로 들어왔다. 앉자마자 김 원장의 아내인 권 약사가 나에게 일갈을 한다. "왜 그렇게 사세요? 속상해 죽겠어요." 언젠가 중·고 동문회를 김 원장 집에서 한 적이 있다. 내가 십 년을 넘게 회장을 맡고 있는 이 모임은 번개 모임 이외에는 부부 동반이 필수다. 동문회하던 그날 공개된 자리에서 자기가 남편 다음으로 이 세상에서 가장 좋아하는 남자는 김정곤이라고 이미 밝힌 적이 있어 권 약사 심려를 짐작하고도 남는다.

마침 아내는 내 속옷 등을 챙기러 집에 가고 그 자리에는 없었다. 아마도 김 원장, 권 약사 부부가 병문안 오기 전부터 내 걱정을 많이 한 모양이다. 평소에 내가 김수환 추기경의 바보 철학을 가지고 살고 있다는 것을 잘 알고 있다. 내가 하고 사는 꼬락서니가 자기들은 도저히 이해가 안 되는 눈치다.

드디어 결정적인 한 방을 나에게 먹였다. "원장님! 원장

님은 신부도 아니고 목사도 아니잖아요. 김수환 추기경은
독신이고 원장님은 가족이 있잖아요."

　형님의 장문의 편지를 읽으며 작년 봄 입원실에서 있었
던 일이 머릿속에서 떠오르는 것은 무엇 때문일까?

김유정역을 다녀와서

고희를 지난 지금에서야 난생 처음으로 형님과 단 둘이 여행을 온 곳은 김유정역.

올해 장마의 끝자락을 붙잡은 오늘 비는 무엇이 그리도 아쉬움이 많은지 장대비가 되어 한풀이하듯 쏟아진다. 월요일 아침이라 그런지 굵은 빗줄기 탓인지 김유정역은 한산하다 못해 인적조차 드물다. 역 안으로 들어와 이리저리 둘러봐도 사람 구경하기가 어렵다.

역이란 원래 오가는 사람들로 북적거려야 제맛이거늘, 오늘따라 텅 빈 공간이 먼 길을 달려온 손님을 반길 기색이 전혀 없다. 애당초 장대비를 뚫고 그것도 월요일에 방문한 내가 한심하다. 형님과의 난생 처음인 여행을 기념하고자 사진 한 장이라도 남길 심산에 두리번거리며 행여 지나는 사람이 있지 않을까 찾아보지만 그림자도 보기 힘들다. 비는 한없이 내리는데 우산을 받쳐 들랴, 셀카를 찍으랴, 지팡이에 의지한 이 몸은 몸 둘 데가 없다. 비가 잠시 걷히기를 기다려 봤지만 희망 고문일 뿐이다. 도리 없이 셀카를 찍을 수밖에. 아쉬움 가득 김유정역에 남겨두고 김유정 문학촌에 들렀다.

첫사랑이란 원래 그런 것이라고는 하지만 김유정의 사랑이야기는 애잔하다. 게다가 서른을 못 넘기고 이승을 하직하고만 그의 청춘은 어디에 가서 보상을 받아야 하는가?

소낙비와 동백꽃으로 그 이름 석 자를 이 세상에 남기고 갔지만, 그와 절친한 친구였다는 작가 이상도 서른을 못 넘겼으니 저승에서 동성연애라도 했을까? 하필이면 평생 처음으로 춘천으로 나들이한 날이 오늘 같은 날이라니. 애꿎은 날씨 원망만 하고 있자니 형님이 사진이라도 찍었으니 그만 울산으로 내려가자고 한다.

때가 늦기는 한참 늦었지만 이제라도 시간 여유가 생겼으니 언젠가는 다시 오리라 다짐을 하지만, 칠순을 넘긴

#형님과 단둘이 여행

두 노인네가 다시 방문을 한다는 것을 장담할 수는 없는 노릇이다. 도리 없이 발길을 돌리지만 왠지 김유정에게 큰 빚을 지고 가는 것 같은 기분은 영 지울 수가 없다.

　울산으로 돌아오는 길 내내 찜찜한 것을 뒤따라오는 장맛비가 가져갔으면 좋겠다. 역시나 나는 멍청이다. 일기예보도 안 보고 올라온 본새가 서른도 못 넘기고 떠난 김유정과 별반 다르지 않다. 팔순을 바라보고 있는 형님에게 못내 미안한 마음을 감출 수 없어 다음에 형님을 만날 때는 형님이 좋아하시는 음식을 푸짐하게 대접해야겠다는 다짐을 했다.

두 번째 신혼여행

세월이 흐르고 흘러 어느덧 결혼한 지가 40년. 칠순의 언덕에서 내려다보는 나의 자화상은 초라하기 이를 데가 없다.

무엇이 그리 급해 이리도 빨리 달려왔는지 무슨 할 일이 그렇게 많다고 내 건강 하나 제대로 건사하지 못해 이 약 저 약을 매일같이 먹어야 하는지. 어느 것 하나 스스로 만족스러운 것이 없다. 잠시 멈추면 볼 수 있는 것들을 모두 다 놓치고 허겁지겁 70년을 살아온 것이다. 내일모레가 결혼 40주년 기념일인데 아내와 단 둘이 여행을 온 적이 한 번도 없었다는 사실에 경악하였다. 어쩌면 아내한테 이혼당하지 않은 것이 다행일 정도다. 일이 바쁘다는 핑계로 밖으로만 돌다가 휴일이면 밀린 일거리에 붙들려 시간을 보내고 짬이 나면 피곤하다는 이유로 소파에서 뒹굴거리다 시간을 다 날려버린 세월이 어언 40년.

이번 결혼기념일에는 집에서 쫓겨날 수도 있겠다는 위기감이 들었다. 일반적인 상식으로는 도무지 이해가 안 가는 부부생활을 한 것이다. 서로 사랑하지 않는 것도 아닌 상황에서 이렇게 무심하게 40년을 흘려보낸 것이 아내에게 너무나 미안함으로 다가왔다. 고민 끝에 깜짝쇼를 하기로 작정하고 연휴를 기해 최고급 호텔방을 예약했는데 그 사실을 아내에게 선뜻 말할 용기가 나질 않았다. 분명 하룻밤 자고 오기에는 너무 비싼 호텔이니 안 가겠다고 우길 짠순이라는 사실을 알기에. 어쩔 수 없이 아내와 가장 친한 사촌 여동생을 통해 "오빠가 언니를 위해 깜짝쇼를 한다고 H호텔 전망 좋은 방으로 예약을 했으니 숙박비 아깝다 생각 말고 오빠의 제안을 받아들이라"고 설득했다. 예상 밖으로 아내가 흔쾌히 받아들였다.

아내와 단둘이 하룻밤을 지내며 많은 대화를 나누었다. 송정 해변이 연속해서 뱉어내는 파도 소리를 후렴 삼아 켜

#결혼식

켜이 쌓인 숱한 사연들. 지나간 40년을 다 헤아릴 수는 없지만 나름대로의 오해도 풀고 그동안 마음속에 쌓아 두었던 찌꺼기를 바다에 버리고 오는 데는 성공했다. 아내와 나는 서로가 확연히 다른 가정환경에서 자란 탓인지 성격이 달라도 너무나 다르다.

어느 부부가 다투지 않고 살겠냐마는 우리는 여느 부부와는 다른 질감의 갈등을 신혼 초부터 지금까지 겪고 있다. 서로의 생활 철학이 극과 극이라 생각할 정도다. 그런데도 불구하고 한 번도 헤어질 생각을 해본 적이 없으니 스스로 생각해도 천생연분이다. 돌이켜보면 일중독에 가까운 내가 이런저런 이유로 이런저런 핑계로 아내에게 지나치게 무심했다는 사실을 인정할 수밖에 없었고 아내 입장에서는 40년을 무시당하면서도 제대로 항변도 못하고 살았다는 느낌도 있겠다는 생각이 들었다. 그러나 참으로 다행스러운 것은 시아버지나 시어머니에게는 단 한마디도 싫은 소리를 듣지 않고 살았다는 것과 시누이들과의 사이가 너무나 좋다는 것이다.

아무튼 긴 대화 끝에 내린 결론은 내 잘못이 훨씬 더 많다는 것이다. 아무리 본능적으로 남자는 이성적이고 여자는 감성적이라 하더라도 내가 아내에게 이해와 배려가 상당히 부족했다는 사실을 부정할 수는 없다.

그동안의 내 잘못을 조목조목 지적하는 품새가 판검사 저리가라다. 결국 아내에게 그동안 무심하게 대한 점, 무시 아닌 무시를 했던 점, 정신과 의사이면서 유독 아내에게는 대화를 소홀히 했던 점 등등 내가 생각해도 죄목이 한두 가지가 아니다. 닥치고 수비라고 모든 것을 인정하고 그동안의 내 잘못에 대해 용서를 빌었다. 아내도 '이배용 원칙'에 입각해서 나를 그 자리에서 사면시켜 주었다.

'이배용 원칙'은 이해와 용서와 배려를 말한다. 의사의 아내로 40년을 살면서 명품 가방 한 번 산 적이 없었고 값비싼 옷 한 벌 산 적이 없으니 얼마나 알뜰살뜰하게 살았을까를 이제야 깨달았으니 남편으로서는 빵점이다.

두 번째 온 신혼여행지에서 본 아내의 모습은 40년 전 신혼여행 왔을 때의 모습과 별반 다르지 않다. 지체 장애인이라는 사실을 알고도 선뜻 나와의 결혼을 결심해 주었고 결혼 후 여태까지 한눈 팔지 않고 내조해 준 덕분에 정신건강의학과 의사로 시인으로 열성적인 삶을 살아오고 있다. 이제는 나도 시간적 정신적으로 충분한 여유를 가지고 그동안 못다한 아내 사랑에 정성을 다해야겠다는 다짐을 하고 약속도 했다. 바다만큼이나 맑고 하늘만큼이나 밝은 얼굴로 나를 챙겨 주는 모습에서 우리의 인생 제2막은 해피엔딩으로 끝날 수밖에 없을 것이라는 좋은 예감을 가슴에 품고 연휴 마지막 밤을 보낸다. 오늘 밤 파도소리는 한여름 밤에 듣는 파도소리보다 훨씬 시원하게 느껴진다. 밤새 증인이 되어 주고 친구해 준 송정 해변에게 감사를 드린다.

밝아오는 아침을 맞이하는 고요한 시간입니다. 오늘도 어김없이 내 글방 창가에는 까치가 와서 지저귑니다.

잠시 회상에 잠깁니다.

문득 56년 전으로 돌아갑니다.

유년의 뜰로 달려갑니다. 오늘 내가 간 곳은 부산대병원 입원실입니다.

화창한 봄날 병실 창가에는 흐드러진 벚꽃이 나를 위로해 줍니다. 아침 회진을 온 의료진들은 오늘도 어제 했던 질문을 습관처럼 던집니다.

"정곤. 잘 잤어? 식사는 잘하고? 변은 잘 봐? 기분은 어때?" 나도 습관처럼 말합니다. "예. 다 좋습니다." "그래. 그러면 오늘 우리 소풍이나 가자." 내 주치의 민 박사님의 소풍 제안은 세미나 참석을 의미합니다.

여섯 번의 수술 끝에 나는 하지의 감각을 되찾았고 비록 아직 걸음마를 할 수는 없는 상태이지만 조만간 나도 걸을 수 있을 것이라는 기대를 하고 있습니다.

점심 식사 후 병원 앰뷸런스를 타고 도착한 곳은 제36 육군 병원입니다. 그 당시에는 대학 병원급 종합병원이 별로 없을 때인지라 군 병원에서도 세미나를 했습니다.

의료 시설이 워낙 열악했던 터라 그때는 MRI는 물론 CT도 없었습니다. X-ray 몇 장 걸어 놓고 강연자가 발표를 하는 그런 시대였습니다. 재미난 것은 참석자 모두가 흰색 가운을 입고 있었다는 것입니다. 군의관들은 군복 위에 가운을 걸치고 있어 다소 우스꽝스럽기도 했습니다.

강연자의 발표가 끝나고 질문 시간이 되면 제가 누워 있는 병상 주위로 의사들이 쭉 둘러섭니다. 저의 하지를 바늘로 쿡쿡 찔러보는 군의관이 있나 하면, 저의 다리를 들었다 놓았다 하는 군의관도 있습니다. 임상 시험용으로 수술을 받은 저이기에 그 세미나에 케이스 발표용으로 특별히 참석하게 된 것인지, 다른 일반 환자도 세미나에 이런 식으로 참가하게 되는 것인지는 지금도 확실히 알지 못합니다. 아무튼, 나의 소풍은 의대 교수들과 군의관들에게는 살아있는 학습의 장이었습니다.

재미난 에피소드 한 가지가 있습니다.

부산대병원에 입원하기 전에 제36육군병원에서 진단을 받은 적이 있었습니다. 그 당시까지만 해도 감각이 무디어 지기는 했지만 걸을 수는 있었던 때였습니다. 화장실에 갔다가 변기 물을 내렸는데 물이 멈추지 않고 계속해서 쏟아지는 것이었습니다. 난생 처음 구경한 수세식 변소였습니다. 얼마나 당황했던지 지금도 그때 그 순간을 생각하면 얼굴이 홍당무가 됩니다.

그때 갔었던 입원실에서의 소풍이 어떻게 얼마나 우리나라 의학 발전에 보탬이 되었는지는 알 도리가 없습니다. 그 당시 그 의료 환경에서의 저의 소풍이 아무 의미가 없지는 않았을 것이라는 생각을 해봅니다.

의사생활 40여 년 동안 끝없이 소환되는 병상 일기는 『아파 봐야 세상이 제대로 보인다』는 에세이를 내는 밑거름이 되었습니다. 이 졸작이 후학들에게는 참고서가 되고,

실의에 빠진 환우들에게는 자그마한 디딤돌이 되었으면
하는 소망입니다.

그립고 그리운 아버지! 그동안도 안녕하셨지요? 요즈음 그곳의 날씨는 어떤지요? 제가 그토록 갖고 싶었던 글방을 고희를 맞이하면서 그저께서야 갖게 됐습니다. 이 글방에서 아버지께 드리는 첫 번째 편지입니다. 많이 그립습니다. 아버지! 간밤에 아버지께서 저에게 다녀가셨더군요. 오늘 새벽 아버지를 향한 저의 그리움을 시(詩) 한 수로 남겼습니다.

> 밤새 뒤척이다 아버지를 만났다
> 늘 골목길이나 샛길에서 만났었던 아버지가
> 오늘은 큰길에서 나오셨다

11

큰 곤아! 크게 소리치며 나오셨다

작은 곤이도 곁에서 빙긋이 웃고 있었다

항상 내 뒤 꼭지에 붙어 다니신다던 아버지는

내가 우울의 터널에 갇히고

자살의 늪에 빠져 있을 때는

그림자도 보여 주시지 않더니

기분이 좋아져 콧노래를 부르니

이번에는 대로변에서 나를 부르셨다

아마도 그때는 나를 데려갈 엄두가 안 났었나 보다

아니 작은 곤이가 옆에 찰싹 붙어 있어

내가 없어도 외롭지 않으셨나 보다

아직은 할 일 좀 더 하고 오라며

동녘이 밝아 온다며 발길을 돌리셨다

작은 곤이는 아버지 왼손을 꼭 잡은 채

빙긋이 미소만 지어 보였다.

"큰 곤아! 네가 언제 어디로 가서 무슨 일을 하든 아버지
가 너의 머리 뒤 꼭지에 붙어 다닌다는 것만 명심해라."
 하지 지체 장애인인 아들이 의과대에 합격해 난생 처음
집을 떠나던 날, 아버지께서 저에게 해준 말씀 기억하시
지요? 그때 아버지가 그렇게 좋아하시던 모습과 아버지의

#아버지 영세 기념

지대한 염려 덕분에 저는 험난한 의과대 과정을 거쳐 아버지가 원하시던 의사가 됐습니다.

아버지, 고희를 넘긴 지금도 저는 진료실을 굳건히 지키고 있습니다. 아들이 하지가 완전히 마비돼 뜨거운 국이 쏟아져도 뜨거운 줄 모르고, 바늘로 찔러도 통증을 느끼지 못해 자살 시도를 했을 때 아버지의 그 심정을 고희를 넘긴 지금까지도 저는 다 알지 못합니다. 제가 병원에서 수술을 받을 때, 만일 이승을 떠나게 된다면 시신을 부산대 의과 대학 실습용으로 기증한다는 서약서를 쓰며 아들을 입원시키는 아버지의 가슴이 미어지고 터질 듯했을 것이라고 생각하면, 지금도 의사로서 시인으로서 호강하고 있는 저는 아버지께 지은 죄가 너무나 큰 것 같습니다.

작년 봄 저의 칠순을 맞이해 출간한 제 시집 『자화상』을 이제는 다 읽으셨겠지요? 다음 달에는 아버지가 하늘나라에서 심심해하실까 봐 자그마한 수필집을 냅니다. 비록 졸작이지만 불효자가 아버지께 드리는 선물이니 고맙게 받아 주세요. 작년 6월 아버지께서 청년 시절 한동안 머물렀던 북간도 윤동주 시인의 생가에 다녀왔습니다. 문학시선이 주최하는 '윤동주 시인 탄생 100주년 기념 문학공모전'

에서 대상을 받아 그 자격으로 옌벤한국국제학교에서 윤동주 시인에 대한 특강을 했습니다.

아버지의 막내 손자인 종윤이가 시월에 결혼합니다. 아버지, 그날은 오실 거지요? 평소에 치과 치료 이외에는 전혀 병원에 다니신 적이 없는 아버지께서 2000년 늦가을에 낙엽 지듯 84세로 하늘나라에 가셨습니다. 그 당시에는 유언 한마디 없이 홀연히 떠나신 아버지가 원망스러웠고, 임종을 지키지 못한 불효자로서 황망한 마음을 어디 둘 데가 없었습니다.

성당에서의 아버지 장례 미사는 저에게는 평생 잊지 못할 광경으로 남았습니다. 노란 은행잎이 아버지가 떠나가듯 지고, 가을 햇볕은 왜 그렇게 눈부시게 찬란했던가요? 언제가 될지는 저도 알 수 없지만 제가 아버지 곁으로 가는 그날까지 안녕히 계세요.

아내에게 보내는 편지

12

오랜만에 당신에게 편지를 씁니다.

한동안 그쳤던 장맛비가 어둠을 가르며 후드
득 내리고 있습니다. 지난 토요일 고희 선물로
당신이 마련해 준 자그마한 글방에서 참으로
오랜만에 당신에게 편지를 씁니다. 여보! 내 곁
을 지켜준 당신에게 감사 인사를 전합니다. 지
난 41년을 한결같이 곁을 지켜준 당신이 고맙
고 자랑스럽습니다.

소위 의사라는 사람이 그동안 입원을 밥 먹
듯 했으니 당신의 고충이 얼마나 컸을지 짐작
하고도 남습니다. 지체 장애인을 선뜻 배우자로

맞이한 당신이기에 늘 감사하며 살겠다고 결심했습니다.

　하지만 칠순 잔칫날 급성 방광염으로 응급 입원을 하고, 그것도 모자라 올봄 고희를 맞이하기 이틀 전 입원해 방광의 종양을 다섯 개나 떼어내는 수술을 받은, 멍청하고 미련하기 짝이 없는 남편을 보고 한심하다 못해 차라리 달아나고도 싶었을 것입니다.

　그 종양이 악성이 아니라서 다행이었지만 내가 위암으로 위의 4분의 3을 잘라 냈을 때의 그 엄청난 충격이 재현될까 노심초사했던 당신의 모습을 보며 얼마나 고맙고 미안했는지 몸 둘 바를 몰랐습니다.

　정신건강의학과 전문의라는 내가 한동안 우울증의 늪에서 자살 시도까지 했는 데도 불구하고 내색도 하지 않고 용기를 북돋아 주려는 당신의 남다른 노력에 내가 엄청 감동했다는 사실은 알고 있는지요. 혼자서 글을 쓰고 있는 것이 안타까워 나 몰래 내 시(詩)를 '영남문학예술인협회'에 제출해 단 한 번 만에 시인으로 만들어 준 당신의 은혜를 죽은들 어찌 잊을 수가 있겠습니까.
　지난 토요일에 당신이 마련해 준 이 글방에서 새들의 지저럼 소리를 들으며 창밖의 공원을 내려다보고 있자니 만 감이 교차합니다. 키가 160㎝가 안 되고 못 생기고 왜소한 나를 남편으로 맞이해 40여 년을 함께 울고 웃으며 살아 줘서 너무나 감사합니다. 아들 둘과 더불어 진료실을 굳건 히 지킬 수 있게 된 것 또한 당신이 내 곁에 없었다면 상상 도 할 수 없는 일이겠지요.

남은 시간을 더 소중하게 가꾸겠습니다. 그리고 당신을 이전보다 더 사랑하겠습니다. 지는 해가 하루 중 가장 아 름답듯 멋있고 보람된 인생 마무리를 할 수 있게 노력을 더 하겠습니다. 종윤이 결혼식을 앞두고 당신의 몸도 마음 도 많이 분주하겠지요. 남부럽지 않은 청년으로 키워낸 당 신의 공을 그 무엇으로 견줄 수 있겠습니까? 다음 달 말경 에 출간되는 수필집으로 당신에 대한 감사 인사를 대신하 겠습니다.

여보! 사랑합니다. 진정으로 사랑합니다. 그동안 엄마처 럼 누이처럼 보듬어 준 당신의 은혜에 다시 한번 감사드립 니다. 다음 생에서도 당신과 함께였으면 참 좋겠습니다.

지난해 가을 가곡 발표회 때 당신이 독창을 부르게 됐다

#여보, 감사합니다.

#거제도 여행

는 것을 사전에 알고도 중요한 문학 행사가 있다는 핑계로 참석하지 못했던 것이 못내 아쉽고 미안합니다. 절망의 늪에 빠져 허우적거릴 때마다 나를 구해준 것은 언제나 당신의 사랑이었습니다. 여보! 지난 41년간 숱한 일이 있었건만 군소리 없이 묵묵하게 내조한 당신에게 세상의 그 어떤 언어로도 그 감사한 마음을 다 표시할 수 없습니다.

때로는 의견 차이가 심해 부부 싸움을 한 적도 있었지만, 그것은 마치 상흔과 같습니다. 새살은 상처 위에서 돋아나듯이 꺼지지 않는 사랑의 불길이 우리 가슴속에 있다는 것을 나는 잘 압니다.

시냇물이 강물이 되고, 강물이 바닷물이 되듯, 남은 우리의 2막 인생을 새롭게 시작해 봅시다. 의과 대학 재학생 신분에 하지 지체 장애가 있다는 것을 잘 알면서도 선뜻 나와 결혼해 준 당신. 만일 다음 세상에서 다시 만나게 된다면 건장한 청년으로 만나겠습니다.

나의 등단 이야기

사실 나는 어쭙잖게 등단을 하게 되었습니다.

13

그동안 나는 내가 쓴 글을 시든 수필이든 그
것도 문자 메시지로 아내한테만 보여 주고 있
었습니다. 아내는 "시(詩)를 혼자 쓰면 뭐해요?
다른 사람들이 읽어야 진짜 시지." 저는 "제 눈
에 안경이지 당신이니까 시로 보이지 나는 부
끄러워 못한다." 결국 반강제로 아내가 제가 쓴
시 몇 편을 2015년 가을에 '영남문학'에 내고
말았습니다. 그런데 큰 기대는 하지 않았지만
한 번 만에 덜컥 당선이 되어버렸습니다.

막상 등단 상패를 받으니 겁부터 났습니다.

운전 면허증이 없을 때에는 아파트 안에서만 뱅뱅 돌아 겁이 안 났었는데 면허 따고 첫 출근하는 날 겁이 났던 것처럼 그런 기분이었습니다.

그래서 우리 환우들에게는 매우 죄송스러운 일이지만 수요일 오후와 토요일 진료를 접었습니다. 울산대 구 모 교수 문학교실에 학생으로 등록하고 시 공부를 하러 다녔습니다.

세 번째 수업 시간에 제 시가 품평회에 올랐습니다. 그 교수가 내 시를 낭독한 후 "무슨 이런 시가 있어?" 라고 하고는 무슨 생각으로 이런 시를 썼냐고 묻길래, 버벅거리기만 하고 아무 말도 못하고 제자리에 앉았습니다. 제 얼굴은 홍당무가 되었고 무지 혼났다고 생각한 저는 그 시간 수업이 끝날 때까지 고개를 들지 못했습니다. 더구나 학생 중 제일 나이가 많았습니다. 그만 주눅이 들어버렸습니다. 그다음 시간에 무단결석을 하고, 그다음 시간에도 결석을 했습니다. 며칠 후 담당 교수가 전화를 했습니다.

"병원이 많이 바쁘신가 보죠? 왜 연속 결석을 하시지요?"

"환자가 너무 많아 수요일 진료를 안 할 수 없었어요…"

핑계 아닌 핑계로 얼버무리고 말았다. 다음 수업 시간 역시 결석을 하고, 다시 출석하려니 부끄럽기도 하고 멋쩍기도 했다. 50만 원 수강비가 아깝기는 했지만 자퇴를 하고 말았습니다. "에고 아까워라" 아내가 핀잔을 줬습니다.

이후 자신감도 잃어버리고 엄청나게 고민했습니다. 이제 등단 시인이니 잘 써야겠다는 강박 관념에다 워낙 늦깎이 등단이라 완전히 자신감을 상실해 버린 것이지요.

그때부터 그래 한번 해보자. 우선 읽는 것부터 하자. 내 방에서 아내 몰래 도둑질하듯이 책을 읽기 시작했습니다. 아내가 제 건강 걱정을 엄청 하거든요. 그러나 독서를 안 할 수가 없었습니다. 아내 기척만 나도 스탠드 불을 껐다가 켜기를 반복했습니다. 들어간 것이 있어야 나올 것이 있지요.

매일 진료실을 지켜야 하는데 날이 갈수록 환자들은 늘어가고 저는 그동안 20년 가까이 의사협회 일, 교육청, 시청, 구청, 경찰서 등등 각종 봉사 단체일로 진료실을 자주 비우게 되고 시를 쓰고 싶다는 욕심은 있어도 쓸 엄두를 못 내고 있었습니다. 일 년에 한두 편, 그것도 의사회 요구에 의해 억지 춘향으로 썼습니다. 한 편, 두 편, 세 편 쓰면서 자신감을 찾았습니다. '머리끝에서 발끝까지 스스로를 빛낼 수 있는 것은 오로지 자신감뿐'이라는 자각이 깊은 웅덩이에 빠진 나 자신을 구원해 내는 큰 힘이 되었습니다.

#늦깎이 시인 등단

#연지예당, 영남문학회관

후배 시인들에게 감히 몇 가지 조언을 하겠습니다.

첫째 꿈을 가지십시오.

꿈은 모든 사람에게 미소 짓습니다. 꿈은 모든 사람에게 기회를 줍니다. 꿈은 생각만 하는 사람과는 사귀지 않습니다. 꿈은 행동하는 사람과만 사귑니다.

한 작가가 하버드대학에서 글쓰기에 대한 강연을 했습니다.

"작가가 되고 싶은 사람은 손을 들어 보세요."

그 자리에 있던 사람 모두가 손을 번쩍 들었습니다. 그러자 그는 이렇게 말했습니다.

"작가가 되려면 어서 집에 가서 글을 써야지 왜 여기에 앉아 있습니까?"

그는 미국 최초로 노벨문학상을 수상한 싱크레어 루이스입니다.

둘째 자신감을 잃지 마십시오.

성공하면 조금 얻을 수 있고 실패하면 모든 것을 얻을 수 있습니다. 스스로 머리끝에서 발끝까지 빛낼 수 있는 것은 오로지 자신감뿐입니다. 그 어떤 일도 자신감 없이는 할 수가 없습니다.

셋째는 끝없이 동심을 유지하십시오.

생텍쥐페리는 그의 작품 「어린 왕자」에서 "만사를 때 묻지 않은 마음으로 보지 않고는 참된 아름다움을 볼 수 없다." 라고 말했으며, 「야간 비행」에서는 "나이에 관계없이 티 없는 동심으로 돌아갈 때 진정한 아름다움을 볼 수 있고 우주의 신비도 터득할 수가 있다." 라고 말했습니다.

괴테가 70대의 늦은 나이에 10대의 소녀를 사랑할 수 있었던 것도 그의 마음이 순수했기 때문이었을 것입니다.

후배 여러분! 좋은 글 쓰려면 항상 동심을 유지하십시오.

다시 찾아온 병마

의사회 일과 개원의로서의 적지 않은 환자를 보느라고 불철주야 바쁜 생활을 보내던 중 2000년 사월 하순에 진료 중에 갑자기 어지러움증이 오면서 잠시 의식을 잃어버리고 바지에 오줌을 싸는 일까지 생겨 놀란 직원들의 도움으로 이웃에 있는 대학병원 응급실을 찾았다. 이틀간 입원하면서 뇌 MRI는 물론 각종 검사를 다했다. 퇴원 직전에는 위내시경 검사와 조직 검사도 하였다.

사월 말일 유난히도 비바람이 거세던 날 그야말로 잔인한 소식이 나에게 전해졌다. 위암이라 당장 수술을 해야 하니 지금 바로 입원하

14

라는 것이었다. 진료실 창밖을 내다보니 바람은 더 거세졌고 빗줄기도 더 강해져 있었다. 믿기지 않는 소식이라 재차 전화로 대학병원에 확인하였으나 당장 입원하라는 말 뿐이었다. 전이 여부는 수술을 해 봐야 알겠다는 전언도 함께.

어찌하여 나에게는 이런 불행이 연속될까? 신을 원망하기도 하고 건강 관리를 제대로 못한 자신을 질책하기도 하고 만감이 교차했다. 누구의 말처럼 고통은 극복하는 것이 아니고 견디는 것이다. 이보다 더 큰 수술도 몇 번씩 했는데 이 정도야 뭐라고 긍정적 자기 최면도 걸었다. 한참을 생각하다 다음 날 입원하겠다는 연락을 하고는 직원들에게 사정을 이야기하고 아내한테 전화를 하였다. 출타 중이던 아내는 황망한 표정을 하고 내 진료실에 들어섰다.

이틀 뒤 나는 내 일생 14번째 수술을 받았다. 위의 사분의 삼을 절제했다고 들었다. 다행히 특별한 전이는 없었고 2주 만에 퇴원을 했다. 단 한 달만이라도 쉬지를 못한 것이 지금도 후회되지만 퇴원 후 이틀 만에 다시 진료를 개시했다. 퇴원 후 일주일도 지나지 않은 주말에는 의사협회 회의가 있어 서울에 갔다. 이번에는 불참하자는 아내를 설득하여 죽 통을 들고 아내의 보호를 받으며 회의에 참석하여 두 가지 회의를 연속해서 8시간을 하고 나니 파김치가 되었다. 회의가 끝나고 처갓집에 가서는 복통과 설사로 곤욕을 치렀다. 그러나 그때도 지금도 그 일을 후회하지 않는다. 누가 대신 해줄 수 없는 일을 하지 않는 것은 직무유기일 뿐이다.

"기도하듯이 일하고 일하듯이 기도하자"는 내 평소의 생활신조를 실행하는 것이 스스로를 기만하지 않는 것이라는 신념이 그때도 유효하고 지금도 앞으로도 유효할 것이다. 죽으로 끼니를 때우고 종일 상담실을 지키는 동안 체중은 자꾸만 자꾸만 줄어들었다. 하체의 힘은 빠지고 기운도 없었지만 나의 가장 무서운 적은 바로 나 자신이라고 버티다 보니 차차 호전되고 환자도 무리 없이 보게 되었다.

휠체어의 꿈

15

스산한 장맛비가 오늘도 하염없이 내리고 있다. 세월의 덮개가 겹겹이 쌓이고 시간의 이끼가 잔뜩 낀 고희를 맞아 한길에서 지팡이에 겨우 내 몸을 의지한 채 눈물이 그렁그렁 회상에 잠긴다. 지금은 비록 100m 이상은 휠체어를 타고 이동할 정도로 장애 정도가 심한 하지 기능 장애인이지만, 70을 넘긴 지금까지도 정신건강의학과 전문의로 진료실을 굳건히 지키고 있다. 등단 시인으로서도 활발한 활동을 하고 있는 즈음, 지난 57년 전을 돌이켜 보면 온갖 감회에 비처럼 젖어든다.

부산의 명문인 경남중학교에 입학 시험을 쳐 당당히 합격을 했지만, 함께 시험을 본 쌍둥이 아우가 낙방을 했기 때문에 합격이라는 기쁨을 잠시 접어두어야 했다. 입학 후 신입생 대표로 '신입생은 말한다'라는 내 글이 학교 신문에 실렸음에도 불구하고 쌍둥이 아우가 하늘나라로 갈 때까지도 그 글을 아우에게 자랑하지 못했다. 중학교 2학년 겨울 방학 때쯤 걸음을 걷다가 나도 모르게 자주 넘어지곤 했다. 그것을 바라본 아버지가 병원에 가서 진찰을 받아보자고 하셨지만, 집안 형편이 어려워 나는 대수롭지 않다고 생각하고 시간을 넘겼다.

처음에는 발끝이 저리다가 자꾸 넘어지는 실수 아닌 실수가 반복되고 드디어는 하지 전체에 마비 증상이 와서 뜨거운 것이 몸에 닿아도 뜨거운 줄 모르고 바늘로 찔러도 통증을 느끼지 못했다. 그때서야 내 몸에 큰 이상이 있다는 것을 자각하고 아버지께 병원에 가자고 했다. 처음에는 동네 의원에 가서 진찰을 받았는데 진단한 의사는 고개만 갸우뚱할 뿐, 큰 병원에 가라고 했다. 원인을 알 수 없는 어린 나에게는 커다란 불안과 공포로 엄습해 왔다.

가난한 나에게 대학병원 진단이라는 것은 감히 엄두를 낼 수 있는 처지가 되지 못했다. 내가 할 수 있는 것이라곤 부산대학병원과 다른 몇 군데 큰 병원에 구원의 편지를 보내는 것밖에 없었다. 1년 반 전에 돌아가신 엄마의 기일이 지난 다음 날 아침에 희망차게 떠오르는 태양에 답이라도 하듯 까치가 집안 마당에서 잠을 깨웠다. 그것을 보신 아버지께서 "정곤아, 오늘은 반가운 소식이 있으려나 보다." 라고 말씀하셨다.

그 날 오후 한 통의 등기우편이 집으로 날아왔다. 아버지 말씀대로 반가운 소식이었다. 그것이 내 일생을 바꾸는 결정적인 소식이라는 것을 알게 된 것은 시간이 많이 흐른 뒤였다.

부산대학병원에서의 진단 결과, 경추 3,4,5번이 압박 골절이 되어 척수를 누르고 있다는 사실을 알게 되었다. 곧바로 수술을 받아야 한다는 것을 알았지만 엄청난 입원비를 감당할 수 없어 눈물을 머금고 집으로 돌아왔다. 집으로 돌아오는 길에 아버지도, 나도 아무 말이 없었다. 시간이 흐르면서 하지 마비 증세는 점차 심해져 가슴까지 올라왔지만 손을 쓸 수가 없었다. 아주 나중에 안 사실이지만 나도 모르게 아버지는 대학병원 원장실을 찾아가 통사정한 결과, 입원비 전액을 무료로 한다는 대신 만일에 병원에서 잘못될 경우 부산대학교 의과 대학 해부 실습용으로 나를 맡기겠다는 서약을 하고 나를 입원시켰다.

장장 19개월이라는 긴 기간을 입원실에서 보내고 무려 5번이나 수술을 받았지만, 퇴원을 하는 그날까지도 걷는 것은 물론 혼자 일어설 수 없는 상태에서 병원 구급차를 타고 퇴원했다. 막상 퇴원해서 집으로 돌아왔지만 냉기만 가득한 온돌방에 침대도 없이 누운 나는 방바닥이 심히 불편했다. 그러나 그 불편도 잠시 지독한 배고픔에는 다른 어떤 것도 생각할 겨를이 없었다. 다행인지 불행인지 이사한 집이 광안리 바닷가에 있었다.

몇 번이나 넘어지고 일어나고를 반복하면서 스스로에게 다짐을 했다. 6번이라는 자살 시도에도 죽지 않고 지금까지 살아 있음은 필시 어떤 의미가 있을 것이라는 것을 스스로 깨달았다.

'신이 우리에게 어떤 큰 고통을 주더라도 그 사람이 감내할 수 없는 고통을 주지는 않을 것이다. 그 고통의 의미를 제대로 파악할 수만 있다면, 그것을 이겨낼 수만 있다면 반드시 전화위복이 될 것이다'라는 확신을 가지고 재활 운동을 게을리하지 않았다.

지독한 가난이 아니었다면 병원에서 재활 치료를 받을 수 있었을 텐데 하는 짙은 아쉬움을 가슴에 묻은 채 재활 운동을 반복할 수밖에 없었다.

퇴원 후 3개월이 지날 무렵 혼자서 일어설 수 있게 되고 한 달이 채 지나기 전 벽을 짚고 걸을 수 있게 되었다. 어느 날 출근하시다 돌아온 아버지가 큰 소리로 "수자야! 아버지 잊어버리고 간 담배 좀 갖다 줘."라고 말씀하셨지만 누나는 이미 출근한 뒤였다. 이때다 싶어 그동안 내가 혼자 걸을 수 있다는 사실을 보여 주기 위해 아버지의 담배를 들고 벽을 짚으면서 한 발짝씩 움직여 아버지에게 갖다 드렸다.

그 순간 아버지와 나는 서로 부둥켜안고 흐르는 눈물을 멈출 수가 없었다. 그동안에 아버지가 얼마나 노심초사하셨을까? 그동안의 나의 고통이 일순간에 보상받는 것 같은, 인고와 환희에 가득한 눈물이었다.

병원에 입원한 가을 어느 날, 산책을 하기 위해 휠체어를 타고 병원 내 동산에 올랐다. 그때 마침 전찻길 건너 내가 다니는 경남중학교가 눈에 들어왔다. 하늘은 쪽빛처럼 푸르고 구름은 바람 따라 유유히 흐르고 있었다. 건너 학교에서는 가을운동회가 한창이었다. 북 치고 장구 치고 꽹과리 소리와 함께 요란한 응원의 함성이 내 귓전을 후벼 팠다. 나는 언제쯤 등교해서 저들처럼 저렇게 신나게 어울릴 수 있겠는가 하는 심란한 마음을 주체할 수 없었다. 그때를 돌이켜보며 흐르는 눈물을 닦고 또 닦았다.

지금 나는 정신건강의학과 전문의인 큰아들과 경영학과를 나온 작은 아들과 함께 자그만 의원을 경영하고 있다. 그리고 등단한 시인으로도 부끄럽지 않게 살아가고 있다.

La borare est Orare !

"일하듯이 기도하고 기도하듯이 일하자"는 내 좌우명을 스스로 실천하며 얼마나 남은 인생인지는 알 수 없지만 한 시간을 하루같이, 하루를 한 달같이 최선을 다해 살고 있다.

요즈음 나는 문학 평론 공부를 하고 있다. 마치 정신건강의학과 의사가 외과 전문의가 되고자 하는 것과 같다.

삶의 무게를 저울로 달 수는 없지만 운명에 걸려 넘어져도, 비켜 가려는 의지의 몫은 자신의 것. 지난 시절들, 질곡의 삶이 서걱대는 쉼터. 그래도 열심히 살았고, 열심히 살고, 열심히 살아갈 것이라는 각오가 곁을 지키는 한, 꿈은 현실로 내 눈앞에 다가와 또 한 번 환희의 깃발을 흔들 것이다.

가족이라는 이름으로

16

올 겨울 들어 가장 춥다는 날 자정에 아내와 함께 해외 나들이에 나섰다. 0시 30분 울산 출발 인천공항으로 가는 리무진 버스를 타고 차 안에서 적지 않은 흥분을 잠재우며 눈을 감았다. 머릿속에서는 만감이 교차한다. 이번 주중에 있을 세 가지 모임에 불참하게 된 미안함 아니 그보다도 한 달 전부터 예고하고 안내는 드렸지만 처음 내원하는 환우들께 진정 죄송함을 억누르고 앞으로 있을 5일간의 여정을 위해 잠을 청했다. 새벽 5시 반 인천공항에 도착하여 서울에서 도착한 두 아들과 함께 괌행 비행기에 몸을 맡겼다. 보행도 불편하고 영어도 서툴러서 든든한 두 아들을 무작정 따라 나선 터였다. 4시간 동안 비행하는 도중에 시 한편을 건졌다.

거울 속 연가

이따금 숨을 쉬고 있다는 사실을 새삼 깨닫게 될 때가 있다. 순식간에 겨울이 여름이 되고 여름이 겨울이 된다. 동쪽이 서쪽이 되고 서쪽이 동쪽이 되듯 순간 이동을 한다. 미움을 잠재워 그리움이 되고 그리움을 깨워 사랑이 된다. 거울 속에서는 왼쪽이 오른쪽이 되고 오른쪽이 왼쪽이 되듯 거울 속 사랑은 오늘도 그렇게 우리도 모르는 새 익어 가고 있다. 설령 돌이킬 수 없는 증오만 남길지언정.

어느새 도착한 괌!

겨울에서 여름으로 왔다는 사실도 금세 잊어버리고 에메랄드 해변의 정취에 넋을 빼앗긴 채 이곳에서 생을 마감했으면 하는 엉뚱한 욕심과 여기 있으면 수십 편의 시상이 저절로 떠오를 것 같은 가당치 않은 착각에 혼자 실소를 머금는다. '투몬비치'가 한눈에 펼쳐지는 몇 달 전에 오픈했다는 호텔에 여장을 풀자마자 아들이 렌트한 오픈카를 타고 찾아간 '연인곳'이라는 사랑의 절벽에서 또 한 수를 짓다.

사랑의 절벽

연인들은 아는가 사랑에도 절벽이 있다는 것을
숱하디숱한 사랑의 맹세가 부서지는 파도마냥 스러져 갈 때
바닷속만큼이나 깊은 가슴속 간직했던 밀어는 허공이 되고
부여잡은 그대의 손에는 포말처럼
흩어지는 배신의 흔적

　돌아와 허기진 배를 달래기 위해 들른 호텔 뷔페에서의 저녁 식사는 늦은 저녁이긴 하지만 푸짐하게 차려진 여러 종류의 음식과 맛이 너무 좋아 간만에 포식을 하게 되었다. 음식도 맛이 있었지만 종업원들의 상냥함에 모처럼 아주 만족스러운 저녁식사 시간이었다.

　이튿날은 일찍 드라이빙 투어를 나섰다. '코코팜 가든 비치'를 거쳐 '리티디안' 곳을 돌아오는 괌 북부 지역의 그 절경의 해변은 감탄을 절로 쏟아내게 한다. 시워커 투어 대신 잠수함 투어를 하다.
　사진으로만 보아 온 바닷속 신비를 구경하고 돌아와 바닷속인지 바다 밖인지 모를 호텔 수영장에서 햇볕의 은혜를 받다. 이번 여행 경비 일체를 쥐꼬리 월급을 받는 큰아

들이 부담해서 예약했다고 귀띔해 준 작은아들의 언질에
고맙고 대견해서 살짝 울먹이는 주책을 부리다.

다음 날 새벽, 어둠 속에서 잠을 깨다.

여명

여명을 깨우는 것은 빛인가 소리인가
적막 속에서 희미하게 밀려오는 파도 소리 높아가고
잿빛 하늘이 푸르르 오늘을 깨운다
빛은 소리가 되고 소리는 빛이 된다
오늘을 예약하는 소리는 더욱 간절히 희망을 불러오고
오늘을 밝히기 시작하는 빛은 보다 나은 하루를 밝힌다
눈길이 닿는 모든 사람을 사랑하고
손길이 닿는 모든 이를 포용하는 하루를 예약하는 여명은
빛으로 소리로 깨어난다.

사흘째는 오카곶 끝자락에 있는 오성 리조트에 짐을 풀
고 '탈라팍' 다리를 경유하여 셀라만 전망대에 올랐다가
'이판비치'를 돌아오는 남부 지역 드라이브를 즐기고 난
후의 호텔 내 뷔페에서의 저녁 식사. 이 또한 영원히 잊지

#괌여행

못할 식사였다. 첫날과는 정반대로 불친절한 종업원의 무성의한 태도와 이상하다 못해 괴상한 향과 질긴 고기에다 짠지 매운지 구분하기 힘든 음식에 커피도 별도 요금을 내야 한다는 말을 듣고는 쓴웃음을 지을 수밖에. 쥐뿔! 오성은 무슨 오성. 먹는 둥 마는 둥 나와서 야시장 구경을 다녀왔다. 원주민들의 삶을 더듬어 보는 기회가 되어 유익했다.

나흘째 새벽 해변 산책을 하고자 숙소 문을 나서는데 창밖으로 보이는 한 여인의 미소가 애잔하게 나에게 다가온다.

창밖의 여인

이름 모를 여자가 창밖에 있다
에메랄드빛을 닮은 엷은 미소가 애잔하다
입가에는 미처 하지 못한 말 한마디가 애처롭게 걸려 있다
어젯밤 초승달처럼
스쳐 가는 이방인들을 또 그렇게 사랑하고
그리움에 젖어 이미 떠난 사랑을 보고파 하듯 눈빛은 아리다
창밖의 이름 모를 차모르 여인

넷째 날은 '갤러리아괌'을 비롯하여 '투몬 샌즈 플라자 미크로네시아 몰' 등을 다니며 즐거운 아이쇼핑을 하다.

쇼핑센터에서 점심으로 먹은 비빔밥은 우리에게 또 다른 맛을 선사했다. '투몬비치'에서의 일몰 감상은 평생 잊지 못할 기억의 장으로 뇌리에 가슴속 깊은 곳에 기록될 것이다. 그 어떤 표현도 부족한 말 그대로 환상적이다. 이어 민속 공연을 보면서 바비큐 파티에 참여하다. 저녁 식사를 마치자마자 소위 괌의 나이트라이프의 아이콘이라는 '샌드캐슬쇼'를 보러 갔다. 너무 기대가 큰 탓이었을까 예상보다 밋밋한 쇼였다. 돌아와 침상에 들었으나 내일이면 천국 같은 이곳을 떠나야 한다는 생각에 영 잠을 이룰 수가 없다. 아가나의 파도 소리 바다인지 하늘인지에 떠 있는 하현달 그리고 해변의 가로등 등 일상에서 마주하기 어려운 풍경을 쉽게 놓아 주고 싶지가 않다.

마지막 날에는 늦잠을 자고 '자코지'에 들락날락하면서 그동안 못다 한 일광욕을 하다. 토요일 늦은 밤에 인천에 도착하여 며칠 사이에 그렇게 먹고 싶었던 김치찌개를 먹고 예약해 뒀던 리조트에 도착하여 축구 결승전 응원을 하면서 일박. 아쉽게도 준우승을 했지만 세계 최초로 8회 연속 올림픽 본선에 진출하게 되었다는 점에 만족하면서. 늦게 일어나 아침 겸 점심 식사를 하면서 네 식구가 대화를 나누다 삐끗하여 큰아들과 언쟁을 하다. 역시 아버지와 장남과의 관계는 심리학적으로 영원한 동지이자 경쟁자이었던가? 아내는 모성 본능 때문에 어쩔 수 없었던 것일까 아들 편을 든다. 이래저래 서운한 기분이 드는데 큰아들은 또 한 번 아버지의 아픈 가슴을 건드린다. 아빠 시대와 지금 시대는 다르다고 말하는 것이 마치 무식하고 편협한 아비 취급을 하는 것 같아 화가 나서 나도 모르게 언성이 높아졌다. 나는 단지 아버지이자 선배로서 조언을 하고자 말한 것인데 까마득한 후배가 더구나 아들이…

서로 흥분한 사이에 시간은 흘러가고 울산행 비행기를 놓칠세라 큰아들은 거칠게 운전해서 김포공항에 우리를 내려주고 자기 숙소로 돌아갔다. 분명히 악수를 하고 헤어진 것 같기는 한데 비행기 출발 직전에 간신히 탑승해서인지 헐떡이는 숨소리에 묻히다. 울산으로 돌아오는 비행기 안에서 아들한테 미안하기도 하고 부끄럽기도 하여 나도 모르게 흐르는 눈물을 감추느라 혼이 났다. 남도 아닌 아들에게 상처를 준 것 같다.

새해 아침의 기도를 잊은 것인가 나도 늙어가는 것인가 말을 줄여야 하고 후회와 반성을 하다. 그러나 울산공항에 도착하자마자 아들한테 보낸 문자는 "아들! 미안하고 고맙다.” 는 단 한 줄! 가족이라서 만만하니까 아들이라서 걱정이 되어서는 구차한 변명일 뿐. 이번 여행에서 느낀 것 중에서 으뜸은 '가족이라는 이름으로 함부로 말하지 말자' 이다.

2020년 9월 8일 정오부터 한국보건의료인 국가시험원에서 의사 국가고시 실기시험이 개시된 가운데, 대한의과대학·의학전문대학원 학생협회 주도의 단체 행동 기조는 계속될 조짐을 보여 의사 파업 후폭풍이 가시지 않고 있다.

지난 8월 중순 젊은 의사들이 가운을 벗어던지고 거리를 나섰다.

2000년 4월 의약 분업 사태로 개원 의사들을 중심으로 시작된 의사 파업은 아무도 예상하지 못한 방향으로 흘러갔다. 개원의의 진료거부에 이어 봉직의, 전공의, 공중보건의들이

17

연이어 파업에 동참하였다. 진료 공백의 파장은 여간 심각하지 않았다.

종내에는 의과대학 교수들까지 파업에 동참하게 되어 국민들의 불편은 이루 말할 수 없었다. 정부에서는 의료 대란이라는 표현까지 사용하며 의사들에게 전방위 압박을 가하였다. 그럼에도 불구하고 결국 의약 분업은 정부 뜻대로 2000년 7월 1일부터 시행되고 말았다.

이후 의사들의 파업이 간헐적으로 있기는 했었지만 별로 큰 반향을 얻지는 못했다.

다음은 2020년 8월 27일 오전에 모 밴드에 올린 나의 글이다.

2000년도 의약 분업 사태 이후 20년 만에 또다시 의사들이 의사 가운을 벗어 던지고 거리로 나섰다. 한국 최고의 지성이라 일컫는 의사들이 파업을 하는 이면에는 그만한 이유가 있다.

2000년 의약 분업 상황에서의 장기적인 의사 파업 당시 울산광역시의사회는 무려 44일간이나 병의원 문을 닫았으며, 울산은 7월 30일부터 8월 15일까지 장장 17일간 연속 파업을 이어 갔다.

당시 울산광역시 의사회 부회장이자 '의권쟁취투쟁위원

회' 운영위원장을 맡고 있었던 나는 한때 수배를 받고 삭발한 채 피신을 다니기도 했었다. 당시 울산지방검찰청 공안부장 검사는 검찰 조서를 꾸미며 "검사 생활을 20여 년간 하다 보니 자신도 모르게 관상쟁이가 다 되었는데 아무리 쳐다봐도 선생님은 투쟁하고는 거리가 먼 것 같은데 어찌하여 여기에 와 있습니까?"라고 물었다.

내가 30여 분간 의약 분업 과정과 의사들이 처한 현실을 설명하고 나니 그 검사 왈 "제가 선생님이라도 그럴 수밖에 없었겠네요." 라고 말했다. 얼마 후 기소유예 조처를 받았다.

이후 17년간 대한의사협회 및 울산광역시의사회 일을 해오다 무슨 인연인지 '윤동주 탄생 100주년 문학 공모전'에서 대상을 수상하며 문학시선 작가협회에서 작가로 활동하게 되었다.

어제부터 내일까지 3일간 의사들이 총파업을 한다.

대한의사협회 고문인 나는 어제도 오늘도 내일도 진료실에 나가지 않는다.

23일 긴급의사회회의 석상에서의 전공의 대표는 눈물로 호소를 했다. "2000년도 파업 투쟁 후 20년 만의 이번 파업 투쟁이 실패로 끝나든 성공으로 끝나든, 향후 100년간 아니 영원히 의사들의 투쟁은 없을 것이며, 의사들은 국가의 공공재가 될 수밖에 없는 현실입니다. 우리 전공의는 올해 전문의 시험을 포기하기로 결의했으며, 의과대 졸업반 학생들 역시 올해 의사국가고시를 거부하기로 결의하였습니다. 선배님들의 지지와 응원을 바랍니다."

의사들의 집단행동을 집단 이기주의의 극치라고 표현하며 법이 허용하는 최대한의 범위에서 엄중하게 벌할 것이라는 정부의 발표가 어제 있었다.

왜, 무엇 때문에 의사 가운을 벗어던지고 거리로 나서야 하는지 그 원천적인 물음에 대한 답이 절실히 필요한 때이다.

코로나19의 엄중한 상황임을 너무나 잘 알고 있는 젊은 의사들의 파업 투쟁이 제 밥그릇 챙기기로 일방적으로 매도되고 있는 현실에 경악할 뿐이다.

어느 나라가 한국처럼 적은 건강보험료를 내면서 이런 고가의 의료 혜택을 받고 있는가?

20여 년간 의사들의 일방적인 희생을 담보로 한국의료가 이만큼 발전했다는 엄연한 현실을 정부도 국민들도 애써 외면하는 것은 무엇 때문일까?

이참에 한번쯤은 심각하게 고민해 봐야 하는 것이 아닐까?

과연 의사들을 옥죄이는 것만이 능사일까?

왜 전공의 무기한 파업이 진행되었을까?

코로나19 사태의 혼란스러운 틈을 이용해 무리하게 정책을 시행한 것이 화근이었다.

의대 정원 확대 등 정부의 4대 의료 정책에 반대하는 대한의사협회와 보건복지부 간의 긴급 회동이 결렬되면서 전공의들을 시작으로 파업에 들어갔다. 전공의 파업을 주도하는 대한전공의협의회가 밝힌 21일 오전 7시에 맞춰 그날 참여할 연차들이 파업에 참여했다. 24일부터는 전임의 역시 정부 정책 철회를 요구하는 파업에 동참했다.

국무총리와 대한전공의협회 회장 등이 긴급 회동을 가졌지만, 단체 행동 자체를 철회한 것은 아니라 불씨는 여전히 남아 있다.

정부의 4대 의료 정책이란 무엇인가?

의대 정원 증원·공공의대 신설에 대한 반발로 전공의들이 단계별로 무기한 파업에 돌입하면서 의료계가 반대하는 정부의 '4대 의료 정책'에 관심이 집중됐다. 정부는 현재 의대 정원 증원. 공공의대 신설 등 의료인 확대, 한방첩약 건강보험 적용, 비대면 진료 육성의 의료 정책을 추진하고 있다. 도대체 정부의 4대 의료 정책에는 어떤 내용이 담겼기에 의사들은 파업을 강행한 것일까?

의료계의 가장 큰 반발을 사고 있는 사안은 '의대 정원 확대와 공공의대 신설'이다. 정부는 "의대 정원을 2022년부터 매년 400명씩 늘려 10년간 의사 4,000명을 추가 양성하고, 이 중 3,000명은 '지역 의사 특별 전형'으로 선발해 10년간 특정 지역에서 의무 복무하는 지역 의사로 육성하겠다"고 밝혔다.

공공의대는 의대가 없는 지역에 신설될 예정으로, 필수 분야 인력을 양성해 주로 공공 의료 기관에 배치될 예정이다. 정부는 국내 의사 수가 경제협력개발기구(OECD) 국가 평균에 못 미치고, 지역별 의사 수 격차도 심각하다고 강조했다. 이에 의료 인력을 확대해 의료 취약 지역과 응급 의료, 감염 내과, 소아·청소년과 등 소위 '비인기 과목' 종사 인력을 확충하겠다는 취지를 설명했다.

공공의대 신설과 관련해서도 의료계는 막대한 국가 예산을 투입하여 공공의대를 설립해 의사 수를 늘린다고 해도, 공공 의료 강화와 지역별 의료 인력 공급 불균형 해소 등의 입법 목적을 달성하기는 어려울 것이라는 우려를 드러냈다. 또한, 공공의대 학생 선발과 관련하여 "시·도지사 개인의 일방적인 추천으로 입학이 결정될 리 없다"면서도 "후보 학생 추천은 전문가·시민사회단체 관계자 등이 참여하는 시·도 추천위원회를 구성해 정부 제시 심사 기준 등을 토대로 선발해 추천하도록 할 예정"이라고 밝혀 논란을 빚고 있다. 아울러 10년간 특정 지역 의무 복무는 오랫동안 위헌 논란의 불씨였다며 개인의 직업 선택 자유를 침해하고 평등의 원칙을 어기는 정책이라고 반발했다.

첩약 급여화 시범 사업, 비대면 진료 육성 등의 정책 역시 의사협회와의 충분한 논의 없이 거의 일방적이고도 졸속으로 시행하려고 한 정책임이 드러났다.

양적 확대와 질적 개선, 최선의 방법은 무엇일까?

의료계에서는 '의사 수 부족'을 따지기 전에 지역 간 균형 배치가 어려운 현실, 의료 수가가 맞지 않아 외과, 산부인과 등 의사들이 기피하는 전공 분야가 생기는 것이 더 근본적인 원인이라고 지적하고 있다.

보건의료 전문가들은 정부의 의대 정원 확대와 공공의대 신설 정책을 통해 공공 의료의 공백을 메우겠다는 계획이 의미 없지는 않지만, 근본적인 문제를 해결하기에는 역부족이라고 비판했다. 의료계는 "국민의 목숨줄을 쥐고 파업한다."는 비판 여론에 직면해 있고, 정부는 이런 상황에서 의료계를 압박하며 정책을 밀어붙이는 모양새다. 전대미문의 코로나19 사태가 지속되고 있는 이 시기에 정부와 의료계의 갈등으로 가장 큰 피해를 받고 있는 쪽은 국민이다. 정부와 의료계는 열린 자세로 논의하여 하루빨리 진료 현장이 정상화될 수 있도록, 또 의료 공공성을 더욱 강화할 수 있도록 혜안을 모아야 할 것으로 보인다.

정부가 어떤 정책을 제안하기 전에 그 분야의 전문가 의견을 충분히 수렴하는 과정을 반드시 수행하기를 바라는 마음이 간절하다.

살다 보면

한평생을 살다 보면 우리가 원하는 일이든 원하지 않는 일이든 숱한 경험을 하게 됩니다. 세월의 덮개가 겹겹이 쌓이고 시간의 이끼가 켜켜이 끼면 세월의 무게만큼 많고도 많은 추억이 누적됩니다.

지난 70여 년을 회고해 보면 즐거운 일보다는 즐겁지 않은 일들이 더 많았던 것 같습니다. 그러나 불행했던 일들도 돌이켜 보면 요즈음 행복의 씨앗이 된 것인지도 모르겠습니다. 어떤 상황이 발생했을 때 그 문제를 어떤 각도에서 어떻게 바라보느냐에 따라 결과는 엄청나게 달라집니다.

18

살다 보면

살다 보면

무심코 길을 걷다 넘어지기도 하고

살다 보면

고드름이 땅에서 솟구치기도 하고

살다 보면

새똥에 얼굴을 맞기도 한다

어디 물이 원하는 곳으로만 흐르던가

바람 따라 구름 따라 무심히 흐른다

햇살이 늘 따갑기만 하던가

천둥 번개가 태풍을 몰고 오고

삭풍에 눈보라가 치기도 한다

살다 보면

사랑했던 님에게서 또 다른 사랑을 배우고

살다 보면

뒤통수를 치고 달아난 친구가 스승이

되기도 한다

시냇물이 강물이 되고
강물이 바닷물이 되듯
새봄이 오면 낙엽이 꽃이 되듯

살다 보면 그렇게 살다 보면

실화를 바탕으로 한 시(詩)입니다.

나도 몇 번 지인에게 소소한 사기를 당한 적 있지만 내 친구는 가장 믿었던 친구에게 일억 원이 넘는 큰돈을 사기당했습니다. 너무 어이가 없어 망연자실 한동안 아무 일도 할 수 없었습니다. 일상생활은 물론 진료조차 집중해서 할 수 없었습니다. 결국 친구는 일 개월간 병원 문을 닫기로 하고 방랑길에 올랐습니다.

이곳 저곳 바람 따라 구름 따라 떠돌아다녔습니다. 일 개월이란 시간이 지나갈 무렵, 어느 눈 내리는 날 산속을 헤매다 길을 잃어버렸습니다. 눈은 하염없이 내리고 밤은 점점 깊어 갔습니다. 배는 고파오고 기력이 떨어져 당황한 그는 어찌할 바를 몰랐습니다. 저 멀리 희미하게 보이는 불빛을 발견했습니다. 그는 무작정 그 불빛을 찾아갔습니다. 그곳에는 작은 암자가 있었습니다. 인기척에 암자 방문을 열고 나온 분은 노스님이었습니다. "어찌하여 이 야심한 밤에 여기를 찾아왔느냐?"는 노스님의 질문에 제 친구는 답합니다. "친구에게 사기를 당하고 사는 것이 하도 허망하여 방랑 중에 길을 잃었습니다." 스님의 안내로 자그마한 방에 들어간 두 사람은 찻잔을 앞에 두고 대화를 계속합니다.

"저는 저에게 깨달음을 줄 스승을 찾으려 다니고 있습니다.""스님이 제 스승이 되어 주십시오."

그동안의 사연을 듣고는 노스님이 한 말씀 하십니다.

"허 참! 스승을 가까이 두고 왜 이리도 먼 길을 오셨는가? 일억 이천만 원이라는 돈이 결코 적은 돈은 아닐세. 그러나 당신이라면 그 돈은 몇 개월이면 능히 벌 수 있을 걸세. 사기를 친 당신 친구가 진정한 당신 스승일세. 당신이 그 친구에게 사기를 당하지 않았다면 병원 문을 닫고 이렇게 한가한 여행을 언제나 할 수가 있었겠나? 내려가 그 친구를 찾아가게. 가서 정말로 고맙다고 함세. 큰 깨달음을 준 그 친구가 진정한 스승일세."

친구는 병원으로 돌아와 이전보다 훨씬 밝고 명랑하게 활기찬 나날을 이어갔다. 친구에게 사기당하기 전보다 건강은 더욱 좋아졌고 매사를 긍정적으로 생각하는 습관도 갖게 되었다. 전화위복도 이런 전화위복이 없다. 긍정적으로 생각하고 적극적으로 행동하는 자세야말로 현대를 살아가는 우리들에게 필수 요건이 아니겠는가?

어쩌다가 한 번씩 지나가는 말로 김수환 추기경을 닮았다는 이야기를 듣기는 하지만 그럴 때마다 쥐구멍에라도 들어가고 싶다. 아마도 인중이 길어 언뜻 보면 옆모습이 살짝 닮기는 했지만 언감생심이다.

내가 가장 존경하는 분이시고 나의 평생 준거 인물인 것은 분명하지만 그분을 욕보이는 말 같기도 하여 부끄러워진다. 평생을 '바보'로 사셨고 그것을 늘 자랑스럽게 생각하셨던 분이시다.

2부

바보 의사

바
보
의
사

01　　　며칠 전에 있었던 일이다.

　나의 진료실을 처음으로 내원한 중년 여성의
주소를 보니 울산이 거주지가 아니었다. 어떻
게 이 먼 곳을 찾아왔느냐의 내 질문에 멈칫거
리며 지인의 소개로 왔다고 한다. 소개받은 의
사가 젊은 의사냐, 늙은 의사냐로 이어지는 내
물음에 친구 말로는 김수환 추기경을 닮은 의
사를 찾으라고 했단다.

　김수환 추기경을 닮았다면 옆방에서 진료 중
인 아들은 아닐 텐데…
　그때 나는 가발을 쓰고 있어 자기가 예상했

던 의사의 모습과는 한참 거리가 먼 내 얼굴이었을 것이라고 짐작하고 울산 동구에는 정신건강의학과 의원이 여기뿐이라고 일러주고는 상담을 이어 갔다.

35분간의 상담이 끝나고 그 환우가 만족한 듯한 표정으로 진료실 문을 나서자마자 잠시 나는 시간 여행을 했다.

삶이란
우산을 펼쳤다
접었다 하는 일이요.

죽음이란
우산이 더 이상
펼쳐지지 않는 일이다.

성공이란
우산을 많이
소유하는 일이요.

행복이란
우산을 많이
빌려주는 일이고

불행이란
아무도 우산을
빌려주지 않는 일이다.

사랑이란
한쪽 어깨가 젖는 데도
하나의 우산을
둘이 함께 쓰는 것이요.

이별이란
하나의 우산 속에서
빠져나와 각자의
우산을 펼치는 일이다.

연인이란!
비 오는 날 우산 속 얼굴이
가장 아름다운 사람이요.

부부란!
비 오는 날 정류장에서
우산을 들고 기다리는

모습이 가장 아름다운 사람이다.

비를 맞으며
혼자 걸어갈 줄 알면
인생의 멋을 아는 사람이요.

비를 맞으며
혼자 걸어가는 사람에게
우산을 내밀 줄 알면
인생의 의미를 아는 사람이다.

세상을 아름답게
만드는 건 비요.
사람을 아름답게
만드는 건 우산이다.

지금도 하늘나라에서 여전히 우리에게 많은 교훈을 주고 계신 김수환 추기경의 글이다.

김수환 추기경을 뵙고 인사드린 적이 딱 한 번 있었다. 청주 본당인 수동 성당에서 미사를 집전하시고 서울로 떠나시며, 충북 가톨릭 학생회 사무실에 잠시 들르셨다. 그 당시 충청북도 학생회 연합회 부회장이었던 나 안드레아에게 따스한 손을 내밀어 격려의 말씀을 해 주셨다. 나는 너무 황송해서 어쩔 줄 몰라 하는데 함제도 신부님께서 장차 신학 대학에 갈지도 모를 학생이라며 추기경님께 소개시켜 주던 그때가 새롭게 뇌리를 스친다.

비록 신부가 되지는 못했지만 신부처럼 살자고 결심하고 산 지 50여 년. 만일 내가 가톨릭 신부가 되었다면 지금의 내 모습은 어떨까? 상상을 해 볼 때가 가끔 있다.

어쩌다가 한 번씩 지나가는 말로 김수환 추기경을 닮았다는 이야기를 듣기는 하지만 그럴 때마다 쥐구멍에라도 들어가고 싶다. 아마도 인중이 길어 언뜻 보면 옆모습이 살짝 닮기는 했지만 언감생심이다.

내가 가장 존경하는 분이시고 나의 평생 준거 인물인 것은 분명하지만 그분을 욕보이는 말 같기도 하여 부끄러워진다. 평생을 '바보'로 사셨고 그것을 늘 자랑스럽게 생각하셨던 분이시다.

지금도 김 추기경님이 별세하셨을 때 광경이 잊혀지지 않는다. 수많은 시민들의 조문이 이어지던 빈소 분위기와 그분의 장례식 때의 풍경이 아직도 선연하다.

그 추운 겨울날 눈발이 흩날리고, 바람이 무섭게 부는 날씨임에도 불구하고 길게 늘어선 조문객들. 생전에 얼마나 존경받고 사셨는지를 한눈에 알아보게 하는 광경이었다.

작년 내 칠순 날에 나는 병원에 입원을 하고 있었다. 칠순 전전날 입원하여 열흘간 병실에 머물며 졸작『자화상』출간 준비에 여념이 없었다.

병문안을 온 후배의 아내가 나를 질책했다. 이제는 더 이상 그렇게 바보처럼 살지 말라고. 내가 가장 존경하는 사람이 김수환 추기경이고 내 인생 철학이 "김수환 추기경처럼 바보같이 살자"인데 어떻게 하느냐고. 그 여 약사의 일침이 여간 걸작이 아니었다. "김수환 추기경은 독신이셨고 원장님은 독신이 아니고 가족이 있잖아요."

아마도 일중독에다 오만 일에 관여하는 지독한 나의 오지랖에 대한 아내의 염려를 들었으리라.

빈래희귀(嚬來喜歸)라는 액자를 진료실에 걸어 두고 진료하고 있는 정신건강의학과 의사로, 비록 글재주는 없지만 소위 시인으로 살면서 평생의 생활신조인 Laborare est Orare(라틴어로 '일하듯 기도하고 기도하듯 일하라'는 뜻)

를 되뇌며 살고 있다.

　아내를 비롯해서 가까운 지인들은 나를 보고 바보처럼 산다고 나무란다. 그래도 나는 좋다.

　내 옆모습이 살짝 김수환 추기경을 닮아 나는 더욱 좋다.

2000년 여름 대한의사협회 일로 나는 경찰의 수배를 받게 되었고, 뜻하지 않은 피신 길에 올랐다.

머리는 완전 삭발을 한 채 밀짚모자를 쓰고, 아내와 아내 친구 부부와 함께 집을 나섰다. 내 차를 가지고 갈 수는 없는 일. 아내 여고 동기의 남편이자 나의 고등학교 선배인 모 대기업 간부의 차로 이동을 했다. 마침 그 선배는 휴가 중이었다. 같은 아파트에 거주하는 후배인 나의 차로 출발하는 것이 마땅할 터이지만 경찰의 주목을 받고 있는 처지에서는 선배의 신세를 질 수밖에 없었다. 그 선배는 마침 하기휴가

02

137

중이었다.

성격이 소심하고 강박적이기까지 한 나에게는 그 선배 부부의 동행이 얼마나 든든하고 위안이 되었던지 모른다.

2000년 7월 1일부터 "진료는 의사에게, 약은 약사에게"라는 구호를 내걸고 의약 분업이 시행되었다. 병의원의 의사는 진료만 하고, 동네 약국은 의사의 처방전에 따라 약을 조제해 주는 제도였다. 그동안은 병의원에서 진료와 처방이 동시에 이루어졌었다.

국민들의 불편은 이루 말할 수 없었고 의사들의 저항의 불길은 활활 타오르기 시작했다. 의약 분업이 예고되면서, 전국의 의사들은 물론 의과 대학 재학생들은 심하게 반발하였다. 전국 의과 대학생들은 휴업을 선언했고 전국의 의사들은 파업을 선언했다.

의약 분업을 예고한 2000년 봄부터 간단없이 불기 시작한 의사 파업이 들불처럼 번져, 유월 하순에는 걷잡을 수 없을 정도의 큰 불이 되었다. 개원의는 물론 의과 대학 교수들까지 참여하여 파업을 이어갔다.

온 나라가 시끌벅적하였고 의사들의 장기 파업으로 인한 의료 공백이 정부가 예상한 것보다 훨씬 심각하게 돌아갔다. 하루만 전국 의사들이 파업을 해도 난리가 날 판에 일주일 이상, 전국 개원의들은 물론 의과 대학 교수들마저 가운을 벗어던지고 거리로 나섰으니 오죽했을까.

울산의 개원의들의 경우 그해 한 해 동안 무려 44일간이나 파업을 했었다. 울산광역시 의사회의 연속 파업은 7월 하순부터 시작하여 16일간이나 연이어졌다. 당시 나는 울산광역시 의사회 부회장이자 대한의사협회 의권쟁취투쟁위원회 중앙위원이었다. 중앙위원 구성은 각 광역시 의사회 대표와 의과 대학 교수협의회 대표, 병원협회 대표, 공공 의료 기관 대표, 의과 대학 재학생 대표 등으로 구성되었다.

의료 공백이 장기화되면서 결국에는 중환자들이 사망하고, 대형 병원의 응급실에서 연이은 의료 사고가 발생하자, 정부 당국은 특단의 대책을 세울 수밖에 없었다. 드디어 검찰과 경찰이 칼을 빼어들었다.

대한의사협회 의권쟁취투쟁위원회의 압수 수색은 물론 중앙위원들에 대한 체포 영장이 발부되었다. 위원장이 구속 수감되면서 의사들의 저항의 불길은 더욱 거세져만 갔다. 간헐적으로 이어지던 의사들의 파업은 걷잡을 수 없었고, 그때서야 놀란 보건복지부에서는 대한의사협회 의권

#함께 진료실에서

쟁취투쟁위원회에 협상을 제안했고, 협상 과정을 놓고 밤새 논쟁을 한 결과는 번번이 파업 철회는 수긍할 수 없다는 것이었다.

이렇게 비굴하게 도망치는 내 모습을 보며, 의사회 비상총회에서 "무릎을 꿇느니 차라리 서서 죽음을 택하겠다."는 체 게바라의 말까지 인용하면서 의약 분업 반대를 주도하던 울산호랑이는 어디로 가고, 이런 초라한 모습이 되었는가 하는 심한 자괴감에 나는 몸서리를 쳤다. 내가 피신하는 그날 오전에 나와 유일하게 반말을 하는 의사 친구인 최 박사가 울산공항에서 체포되어 압송 중이라는 뉴스를 고속도로 휴게실에서 텔레비전으로 봤다. 나는 더욱 위축되었고, 피신 다니는 내내 비겁자가 된 자신을 용서하기가 쉽지 않았다.

강원도 영월을 거쳐 충주로, 충주를 거쳐 영주로 도망 다니다 아내는 아내 친구 부부와 함께 울산 집으로 내려가고 나는 목포로 도주하였다. 목포에는 아내의 또 다른 동기 부부가 살고 있었는데, 그 동기의 남편 역시 나의 고교 선배였다. 충주에서의 에피소드와 목포에서의 에피소드는 평생 못 잊을 추억으로 남아 있다. 이 에피소드는 '편견과 오만'이라는 제목으로 따로 다루고자 한다. 의사들의 권익을 위하고 의사다운 의사 후배들을 만들고자 했던 지난 17년간의 의사회 간부 생활이 조금도 후회되지 않는다. 한때 부득이한 사정으로 인해 의협대의원 삼분의 이 이상의 불신임을 받아 의협회장이 도중하차하게 되었다. 신임 협회장이 선출될 때까지 한시적인 비상대책위원회가 구성되었고, 자의반 타의반으로 위원들의 호선에 의해 원격 의료 저지 비상대책위원장을 맡았다. 아마도 지방 출신으로 의협의 비상대책위원장직을 맡기는 의협 100여 년 역사상 처음이지 싶다.

칠순을 넘긴 이 나이에 아직도 울산시동구의사회의 감사를 맡고 있는 나에게 의사인 아들이 말한다.

"의사회 일을 하면 떡이 나와요? 밥이 나와요?"

나는 자신 있게 대답한다.

"떡도 나오고 밥도 나온다."

멍청이의 에피소드

살다 살다 오늘 같은 일은 처음이다. 아무리 그래도 그렇지 자기 집에도 제대로 못 들어가서 우왕좌왕하는 모습에 역시 나는 멍청이인 것이 분명하다는 반성을 하며 어쭙잖은 이 글을 쓴다.

수요일에 당일치기로 장거리 여행을 하고 새벽 5시쯤 집에 도착하여 잠시 눈을 붙인 후 밀렸던 수필 퇴고 작업을 하고 나니 오후 출근 시간이 임박했다. 허겁지겁 혼자서 점심 식사를 하고 세수도 제대로 못 한 채, 외출을 했다가 그 길로 나를 출근시키기 위해 집 앞에서 기다리는 아내의 차에 올랐다.

오후 진료를 마치고 집으로 오는 길, 피로가 일시에 몰려와 내일은 휴진을 할까 생각했지만 그럴 수는 없는 일. 금요일에도 오전 오후 진료실을 지키고 토요일 오전에는 몸은 녹초가 된 상태이지만 선약이 있어 부산으로 가야 하는데 문제는 운전이었다.

며칠 전에 바꾼 자동차를 타고 가야 하는데 생전 처음 시동 열쇠가 없이 운전하는 자동차인 데다 신형이라 시동을 걸고 끄는 일 외에는 제대로 작동할 수 있는 것이 없었다. 핸들 감각도 익힐 겸 새벽 댓바람에 자가 도로 연수를 했다.

시내 주행에 나선 지 20분도 안 되었는데 어느 정도 자신감이 붙어 집으로 돌아왔다. 부산 모임에 나와 함께 가기로 한 지인이 우리 집으로 와서 자기 차는 지하에 두고 내 차로 가기로 했다. 문제는 내가 사는 아파트는 출입이 엄청 까다롭다는 것이다. 하기야 요즈음 출입이 수월한 아파트가 어디 흔하겠냐만, 집에 다 와 간다는 지인의 전화를 받고 주차를 도와주기 위해 집 밖으로 나가 지인의 차에 동승을 하고 지하 주차장으로 갔다.

입구가 두 개인데 하나는 거주자용이고 하나는 방문자용이다. 그런데 어느 쪽으로 차를 갖다 대도 차단기가 꿈쩍도 안 한다. 순간 지인을 보기에도 민망하고, 어쩔 줄 몰라 당황하는 사이에 차단기가 올라갔다. 아마도 경비실에서 CCTV로 내 얼굴을 확인한 것인지, 마스크를 착용하고 있어 누구인지는 확인할 수는 없지만, 끙끙대는 모습이 안쓰러워 그냥 열어 준 것인지 모르겠지만. 간신히 주차장에 차를 두고 집으로 올라가는데 또 문제가 발생했다. 아무리해도 출입구 문이 열리지 않는다.

나의 얼굴은 점차 홍당무로 변해 가고 문은 열릴 기색이 없다. 그때서야 내가 A동 앞에 서 있는 것을 깨닫고 황급히 B동으로 이동하여 휴대폰에 안에 넣어두었던 집 키를 갖다 댔는데 문이 안 열린다. 어찌 이런 일이. 제 집에도 못 들어가는 이런 황당한 일이 생길 것이라고 꿈에도 생각 못했었는데...

둘이서 쩔쩔매는 사이에 주차장을 지나는 아무나 붙잡고 도움을 청하자는 지인의 말을 듣고 내가 얼마나 당황하고 있는지를 그때 새삼 알았다.

아내는 처제의 환갑 축하 모임에 참석차 서울에 가고 없으니 출입문에 달린 호출 벨을 눌러 보았자 아무 소용이 없는 일. 다행히 마침 지나는 같은 동에 사는 이웃이 있어 도움을 청했는데 이분은 단박에 문을 연다. 출입구 열쇠를 하단에 갖다 대야 하는데 상단에만 갖다 대고 문질러댔으니 문이 열릴 리가 있나.

이보다 작은 구멍도 잘도 열어 아들을 둘이나 얻었는데 정말로 기가 찬다. 하지 지체 장애인이라 단독 외출은 처음인 데다 부산에서의 만남 약속 시간이 촉박해지며 더 당황한 것일 터이지만 이렇게 내가 멍청할 수가 있는가? 나이 탓으로 돌리기에는 너무 한심한 일이다.

평생 주치의

일생을 살면서 한 번도 아프지 않고 살아가는 사람은 아마도 아무도 없을 것이다. 어디가 아파도 아파 병원을 찾을 수밖에 없다. 병원에 갈 때마다 긴 대기 시간에 짧은 진료를 받고 오게 된다. 어떤 때는 기다림에 지치고 의사의 불친절과 무성의한 태도 때문에 짜증이 나기도 한다. 그럴 때면 나도 전담 의사 즉, 주치의가 있었으면 하는 가당찮은 생각을 할 때가 더러 있을 것이다. 내가 의사라서 그런지 복이 많아 그런지 잘 모르겠지만, 나에게는 평생 주치의가 두 사람이나 있다.

04

한 분은 치과 원장이고 한 분은 내과 원장이다. 치과 원장님은 내가 가족 이외 형님이라고 부르는 유일한 분으로 30년 지기다. 유독 나한테만 그런 것이 아니라 대하는 모든 이들에게 친절하고 자상할뿐더러 타인에 대한 배려가 남달라 존경하지 않으려야 않을 수가 없다. 너무 존경하다 보니 형님이라고 부르고 싶은데 그럴 수 없어 머뭇거리던 중 이태 전에 그분께 조심스럽게 말씀을 드렸더니 진작에 그러지 그랬냐며 흔쾌히 받아들여주었다.

내과 원장은 내가 개원하기 전 같은 병원에서 함께 과장으로 일하던 후배로 32년째 수시로 만나는 사이다. 치과 원장님은 치과 의사인 아들과 함께 같은 병원에서 근무하시는데 이제 연로해서 그런지 진료 보시는 시간을 많이 줄이셨다. 며느리 역시 치과 의사다. 내과 원장은 아들 딸 둘 다 미국에서 공부하고 현재도 미국에서 치과 의사로 일하고 있는데, 며느리도 치과 의사고 사위도 치과 의사다. 나의 아호도 허 치과 형님이 지어 주었다. 내가 윤동주 탄생 100주년기념문학제에서 대상을 수상했을 때 당사자인 나보다 더 기뻐하며 옌볜한국국제학교에서 거행된 수상식에 내가 참석하지 못한 것을 못내 아쉬워했다. 얼마 뒤 조심스러운 제안 하나를 하셨다. "김 원장. 내가 김 원장의 호를

내가 의사라서 그런지 복이 많아 그런지 잘 모르겠지만,
나에게는 평생 주치의가 두 사람이나 있다.

지어 주면 안 될까? 명색이 시인이자 대상 수상 작가인데 호 하나쯤은 있어야지." 그렇게 해서 나는 향원(香遠)이라는 아호를 갖게 되었다. 정성을 다해 자필로 쓴 편지를 함께 건네주셨다.

향원(香遠)

물속에서 질고를 견디며 인내하며
연꽃이 진흙에서 나왔어도 그 청정함이여
맑은 잔물결에 씻기어서 자신을 정화하며
속은 비어 있으나 겉이 굳으며
그 향기가 멀수록 더욱 맑고 은은함이여
멀리 바라볼 수 있으나 범접할 수 없는 고고함이여…

시인인 내가 부러워할 정도로 글 솜씨가 일품이다. 내과 김 원장도 매번 나를 감동의 도가니로 몰아넣는데 정신건강의학과 원장인 나보다 훨씬 더 정신 분석을 잘한다. 한마디 한마디 조언을 해주는 폼이 예사롭지 않아 "차라리 내과를 하지 말고 정신과를 하지 그랬어?" 라는 내 말에 "예전에 해성병원에 근무할 때 형 외래 진료실에 갔다가 죽는 줄 알았어. 환자 면담이 곧 끝난다는 외래 간호사

의 안내 말을 듣고 대기실에서 기다리고 있는데 면담 내용
은 확실하지는 않지만 그 환자가 횡설수설하는데 내 속이
뒤집어지는 줄 알았어. 형은 어떻게 그 많은 환자들의 말
을 그렇게 참고 듣고 있어요? 나는 정신과는 억만금을 줘
도 못해요."라고 답하곤 한다.

　어찌되었건 나는 대단히 행복한 사람이다. 또 하나의 복
은 허 치과 원장님 부인과 나의 아내는 여고 동기동창이라
는 사실이다. 김 원장은 중·고등학교 동창이다. 인연이란
참으로 묘한 것이다. 그것도 치과 원장과 내과 원장을 평
생 주치의로 모시고 사니, 정말로 나는 복이 많은 사람이
다. 이런 복을 나 혼자 지니고 있는 것 같아 글을 읽는 분
들께 여간 미안하지가 않다.

즐거운 병문안

05 | 난생 처음 평일에 먼 거리 여행길에 올랐다.

장마철임에도 불구하고 흐리긴 하나 비는 오지 않는다. 국도 중 한강 이남에서는 가장 아름답다는 7번 국도를 따라 올라가며 바라본 동해 바다는 망망대해다. 쪽빛 바다 위를 간간히 비추는 해는 벗을 만나러 가는 나의 마음을 이미 헤아리고 있는 듯 빙그레 미소를 짓는다.

칠순을 넘긴 이 나이에도 벗을 만나러 간다는 것이 이렇게도 즐거운 일인 줄 나도 미처 몰랐다. 친구를 만나기로 약속하고 난 그날부터 틈틈이 떠오르는 벗의 얼굴을 나름대로 그려 보았다. 몇 개월 전 갑자기 쓰러진 그는 중환자실에서 20여 일을 보내며 사투 끝에 간신히 우리 곁으로 돌아왔다. 마치 어디 잠깐 외출했다 돌아온 것처럼. 중환자실에 누워서도 시(詩)를 쓰고 묵상의 시간으로 문학 기행을 했다는 친구. 병상에서 지은 시를 주치의에게 이메일로 보내 주치의가 눈물로 그 시를 읽게 했던 천성 시인이다. 푸른 동해가 미리 전해 주는 그의 얼굴은 장마 속 오늘 날씨만큼이나 흐림 속 맑음이다.

어제 밤늦게 잠자리에 들 때 가슴이 얼마나 설레는지 마치 수학여행을 가기 전날의 초등학생 기분이었다. 간신히 잠을 청했는데 눈을 뜨니 3시가 채 되지 않았다. 내가 그를 처음 만난 지는 2년 4개월밖에 안 되었는데 이렇게 그리울 수가. 어릴 때부터 정에 굶주려 쉽게 친구를 사귀는 내 성격이기는 하지만 그동안 '문학시선작가협회'에서 알게 된 이들은 한결같이 다정하고 온순하여 쉽게 나에게 곁을 내주었다. 특히 부회장직을 맡고 있는 이 벗은 나에게는 특별하다. 넉넉한 가슴만큼 포용력 있고 늘 위트가 넘쳐 좌중을 웃음바다로 만들곤 하는 벗이다. 덩치값을 하는지 술도 즐기고 담배도 즐긴다. 그러나 호탕한 그의 성격 덕분에 우리가 만난 기간이 이 년 반이 채 되지 않음에도 정은 십년지기보다 두텁다.

새벽 댓바람에 아내가 내 방에 와서 자기도 동행하겠다고 한다. 아내가 그를 만난 횟수는 손가락 꼽을 정도다. 아마도 저승길 앞마당까지 갔다 온 나의 벗에게 따뜻한 위로의 말 한마디 전하며, 늙기는 했으나 온기 있는 손으로 그의 아픈 몸과 마음을 쓰다듬어 줄 요량이었을 것이다. 혼자 투병 중인 벗에게 더 많은 힘을 줄 수 있다는 기쁨에 흔쾌히 함께 나섰다. 아내 친구이자 같은 '문학시선' 회원인 최 교수가 직접 차를 몰고 와 우리 집 앞까지 와서 기다리고 있었다. 그녀도 즐거운 소풍 길에 나서는 소녀처럼 약간 들떠 있는 모습이 역력했다. 아니 병문안 가는 우리가 이래도 되는 것인가 하는 생각이 잠시 들었다. 친구 병문안 차, 집을 나서며 생전 처음 단체로 해외여행에 나서는 어르신 얼굴들을 하고 있으니.

승용차는 달리고 달려 속초로 향했다. 울산에서 속초까지가 짧은 거리가 아니므로 중간 중간 휴게소에 들러 볼일도 보고 군것질도 하고 오느라 출발 후 여섯 시간이 지나서야 약속 장소인 황태 전문 식당인 '두메산골'에 도착할 수 있었다. 문병차 온 일행 중 가장 늦게 도착하였다. 우리 셋은 늘 그립고 언제 만나도 반가운 '문시' 회원들의 환대를 받았다. 부산에서, 양평에서, 양주에서, 강릉에서 속초에서 등 각지에서 오신 분들이었다. 그의 병환 후 늦어도 한참이나 늦은 벗과의 만남. 일신상의 이유로 몇 개월이나 지난 지금에서야 병문안을 온 못난 친구를 오히려 자기가 먼저 위로해 주는 설악도사! 나에게는 태산만큼이나 커 보이는 벗에게 포옹이라도 해 주고 싶은 마음 간절했지만 순간 코로나19가 떠올라 참기로 하고 두 손을 잡고 올려다봤다.

이미 불콰해진 그의 얼굴에는 깊은 그리움과 때늦은 문병에 대한 가벼운 원망과 벗을 만났다는 기쁨이 뒤범벅이되어 있었다. '문시' 가족 십여 명이 어울려 도란도란 밀린 이야기를 나누며 황태를 주메뉴로 때늦은 점심 식사를 하였다. 식사를 하는 동안 분위기는 내내 화기애애하였다. 흡사 소풍 나온 어린이들 같았다. 오늘의 주인공 유 부회장을 중심으로 십여 명의 '문시' 가족들은 벗의 재활운동에 대한 격려와 그동안 못다 나눈 이야기들을 하느라 시끌벅적하였다. 내내 밝은 표정, 맑은 목소리들이 벗에게는 그 어떤 약보다도 효과가 있을 것이라 믿으며 자리를 옮겨 담소를 이어갔다.

커피숍에서의 식후 모임 역시 예외 없이 그 벗이 주도해 분위기를 이어갔다. 아직도 온전한 몸이 아닌 데도 그의 유머 넘치는 재담은 좌중을 압도하기에 충분했다. 비록 7시간이라는 짧은 시간의 만남이었지만 참으로 행복한 시간이었다. 마음은 늘 곁에 있고 싶지만 몸이 피곤해 마지못해 먼저 일어서는 그를 보내며, 그렁그렁 눈물을 애써 감추고 벗의 빠른 완쾌를 마음속으로 간절히 기도했다. 하루빨리 쾌차하여 이곳 저곳 문학 기행을 함께 다니면서 우정도 쌓고 글 소재도 넓고 깊게 건져 올리고자 하는 소망이 가득하다.

설악도사 원향의 필력이 동해를 가르고 설악산에 쩌렁쩌렁 울려 퍼지기를 학수고대하면서, 아쉬움을 뒤로 하고 귀가 차량에 오르는 그의 뒤꼭지에 하트를 사정없이 날렸다.

정신건강의학과에
대한 편견

편견이란 공정하지 못하고 한쪽으로 치우친 생각을 지칭한다. 이와 비슷한 말로 선입견이라는 말이 있다. 선입견의 사전적 풀이는 '어떤 대상에 대하여 이미 마음속에 있는 고정적인 관념이나 관점'이라고 되어 있다. 이와 비슷한 의미로 고정관념이라는 말도 편견이나 선입견과 비슷한 뜻으로 혼용하고 있다. 어떤 집단의 사람들에 대한 단순하고, 지나치게 일반화된 생각들을 고정관념이라고 칭한다.

그 어떤 누구도 편견이나 선입견 때문에 시달려 보지 않은 사람은 없을 것이다. 그중에도

06

일상에서 정신과 환자들이 받고 있는 고정관념이나 선입견의 피해는 유독 심하다. 진료실에서 가장 쉽게 접하는 편견은 '내가 왜 정신건강의학과에 와야 하는가?'에 대한 문제이다. 어떤 사람이 정신과에 내원하는 것을 자랑스럽게 생각하겠는가? 내가 처음 정신과에 발을 들여놓은 것이 40여 년 전이니 세상이 많이 바뀌긴 했지만, 여전히 정신과에 대한 편견은 존재한다.

처음 정신과 실습을 나온 날 병실 근무부터 했었는데, 외래를 거쳐 입원실로 들어선 환자들은 하나같이 내가 왜 정신과에 입원해야 하는지 모르겠다며 투덜거렸다. 전공의 선생님의 심부름차 정신과 외래를 처음 갔을 때에 놀란 것은 정신과 외래 앞에는 대기 중인 환자가 거의 없었다는 점이다. 고개를 갸우뚱거리며 마음속으로는 이렇게 정신과 환자가 없어서는 의사가 되어서도 밥을 굶기가 십상이겠다 싶었다. 나는 내심 장차 의사가 되면 정신신경과를 전공해야지 하는 마음을 갖고 있던 참이었다. 그런데 신기한 것은 비뇨기과 앞에는 대기 중인 환자들로 인해 빈자리가 없을 정도였다.

알고 보니 정신과에 접수를 한 환자들이 다른 사람의 눈을 피해 바로 옆 비뇨기과 환자들과 섞여 앉아 호명을 기다리고 있었던 것이다. 요즈음은 어떤 종합병원이든지 예외 없이 정신건강의학과는 외래 대기실을 따로 마련하고 있지만, 그 당시만 해도 정신과 내원 환우들에 대한 배려가 부족한 환경이었다.

지금도 정신과에 대한 편견은 여전하다. 요즈음 웬만한 이들은 소위 실손 보험이라는 것에 가입을 한다. 그러나 유독 정신건강의학과 진단이나 치료를 받는 경우에는 실손 보험 혜택이 전무하다고 해도 과언이 아니다. 나의 경우는 신규 직원이 입사하면 강조하는 것 중 하나는 길에서 환우를 만난 경우 절대로 먼저 인사를 하지 말라는 것이다.

아주 오래된 이야기이기는 하지만 어느 날 길에서 환우 한 분을 만난 우리 직원이 반가운 마음에 인사를 건넸다는데, 이후 며칠 지나서 내원한 그 환우가 노골적으로 불쾌한 감정을 드러냈다. 그와 같이 가던 그의 친구가 웬 젊은 여성과 인사를 나눈 그 환우에게 "저 여자는 어떻게 알아?"라고 당연한 질문인 듯 물었고 정신과 직원이라는 말을 할 수가 없어 우물쭈물하는 사이, 그 친구는 우리 직원이 마치 자기 친구의 애인쯤 되는 것으로 지레짐작을 해버린 것이었다.

전후 사정을 듣고 난 나는 정중히 사과하는 것 말고는 다른 방법이 없었다. 상대의 나이가 많든 적든 정신건강의학과에서 만났었던 분을 만나면 모른 체해야 한다는 것은 정신과의사들 사이에선 불문율로 통한다. 편견이 정신과 환자들의 경우에만 국한하겠는가? 여러 가지로 다양한 부문에서 광범위하게 존재한다. 그러나 정신과에 대한 선입견이나 고정관념이 거의 고착되어 있다.

2000년 7월1일부터 의약 분업이 시행되면서 "진단은 의사에게 약은 약사에게"라는 보건복지부의 대국민 홍보 후 의약 분업 시행 초기에는 그렇게 불편해하던 국민들이 이제는 당연시 받아들이고 있다.

정신과에 대한 선입견이나 고정관념 때문에 의약 분업은 시행되었으나 대부분의 정신건강의학과에서는 원내 처방을 하고 있다. 정신과에 내원하는 것조차 싫어하는 데다 약국까지 가서 두 번 얼굴 팔리는 것을 피하고 싶어 하는 경향이 많아 어쩔 수 없이 원내 처방을 하게 되었다. 의약 분업 시행 초에는 제한적이었던 원내 조제가 이제는 일반화되었다. 특히 국가에서 의료비 전액을 지원하는 의료 보호 환자의 경우에는 절대로 원외 처방이 안 된다.

정신과에 대한 고정관념이나 선입견 혹은 편견을 집약적으로 보여 주는 에피소드가 많은데 그 첫 번째가 정신과 환자라고 하면 곧바로 '또라이' 라는 단어를 연상한다는

#의사의 꽃 개원의

것이다. 두 번째는 정신과의사에 대한 편견인데, 평생 이상한(?) 환자들만 상대해 왔으니 정신과 의사도 정상은 아닐 것이라는 선입견이다. 내가 울산광역시의사회 부회장을 할 당시에도, 시의사회 대의원회 의장을 할 때도 당시 회장이었던 선배는 나를 만나기만 하면 "내가 만난 정신과 의사 중에 정신이 제대로 박힌 놈은 너뿐이야." 라며 칭찬인지 욕인지 농인지 모를 말을 했다.

요즈음 코로나19 때문인지 덕분인지는 명확하지 않지만 정신과 내원 환자가 많이 늘었다. 뿐만 아니라 너도 나도 마스크 착용이 일반화되고 일상화된 탓인지, 덕분인지는 알 수 없지만 하여튼 정신건강의학과에 대한 편견은 눈에 띄게 옅어져 가고 있다.

07

바람이 눈에 보이지도 않는데 다들 바람이 약하게 불고 있다거나 강하게 불고 있다고 생각한다. 눈에 보이지도 않는 마음을 두고 누구는 마음이 고약하고 누구는 마음이 참 착하다고 말한다. 바람이든 마음이든 있다는 말이다. 있다는 것은 존재한다는 것이고, 존재하는 것은 나름대로의 형체와 색채를 지니고 있다. 바람이 우리 눈에는 보이지도 않지만 피사체가 흔들리는 것을 감지하여 미풍이다 강풍이다 혹은 태풍이라고 판단한다. 바람은 그 강도를 측정하는 객관적인 도구가 있다. 그러나 마음을 객관적으로 판단할 수 있는 도구는 없다. 내 마음도 내가 모를 때가 많은데 하물며 남의 마음을 어찌 알 수가 있겠는가? 마음도 한 가지만 있는 것이 아니다.

지하실에 갇혀 있는 무의식과 밖으로 나갈까 말까, 나가려면 언제 나가야 하나 망설이며 눈치만 살피는 전의식, 쉽게 뛰쳐나가고 거침없이 말하고 행동하는 의식 등 종류가 한두 가지가 아니다. 따라서 우리가 내뱉는 말 한마디 행동 하나가 그 사람의 마음 전부가 아니다. 진심 어린 마음이 있는가 하면 실언이나 허언 같은 먼지가 낀 마음도 있다. 마음속으로는 한없이 예뻐하면서도 이 문둥이 자식이 어쩌고저쩌고 하기도 한다.

마음이라는 것이 간사스럽기가 한이 없어 스스로도 도저히 제어하기 어려운 경우가 허다하다. 타인의 마음을 헤아리는 것은 더욱 녹록지가 않다. 지금 나타나는 저 마음의 색깔과 형태가 어떤 것일까를 정확히 알아야 한다. 의식적인지 무의식적인지 아니면 전의식이 그냥 뛰어나온 것인지? 농담인지 진담인지?

분명한 것은 바람의 속도나 방향이나 강도를 측정하기보다 훨씬 더 어려운 것이 마음 측정이다. 정신분석학자인 프로이트는 초기 이론에서 인간의 정신세계를 의식의 접근 가능성에 입각하여 의식, 전의식, 무의식으로 구분함으로써 인간의 의식 세계에서 인식하지 못하는 보다 심층적인 잠재의식의 세계가 존재한다고 주장하였다. 다시 말해서 모든 인간의 말과 행동에 영향을 미치는, 우리가 미처 알지 못하는 심층적인 심리 세계가 각자의 내면에 존재한다는 점을 강조한 것이다.

의식계에서 인간의 마음 상태를 빙산에 비유한다면 의식은 수면 위에 드러나 보이는 가장 표층을 이루는 마음 상태라고 할 수 있다. 즉 언어 및 사고나 행동을 통해서 알 수 있는 주관적인 경험 세계를 의미하며 각자의 내면 또는 외부에서 오는 자극을 지각하는 부분을 말한다. 전의식은 의식하고 있지는 않지만 상당한 노력으로 주의집중 하게 되면 의식될 수 있는 내용으로 이루어져 있다. 전의식은 의식과 무의식 사이에서 중간 관리자 노릇을 하는 부분으로 의식에서 용납될 수 없는 무의식의 내용을 적절히 변형하여 의식이 받아들일 수 있도록 살피는 역할을 한다.

무의식계는 인간 정신의 가장 심층 내부에 숨어 있는 부분으로 의식될 수 없는 내용으로 이루어져 있다. 그러나 이처럼 의식될 수 없는 무의식의 강한 충동은 항상 의식 밖으로 나오려 하기 때문에 다양한 방어적 조치가 요구되게 마련이며 그로 인하여 긴장 및 불안, 갈등이 파생되기 쉽다. 무의식계에는 스스로 숨기고 싶거나 잊어버리고 싶은 것들 혹은 부끄럽게 느끼는 부분이 많다.

요즈음같이 교통이 복잡하고 도로가 다양한 시대에 맞추어 거의 모든 자동차에는 내비게이션이 장착되어 있다. 우리 모두에게 마음의 내비게이션이 있다면 얼마나 좋을까? 웬만한 정신과 의사나 임상 심리 전문가도 마음의 지도를 읽기가 쉽지가 않다. 오죽하면 마음속을 들여다 볼 수 있는 거울이 있다면 불편을 감수하고 마스크처럼 쓰고 일상생활을 하고 싶다는 생각이 들까.

우리가 살아가면서 내 마음에 꼭 맞는 사람이 얼마나 있을까? 나라고 다른 사람 마음에 꼭 맞겠는가. 세상에 없는 위인이나 영웅호걸도 그를 싫어하는 사람이 있고 그가 싫어하는 사람도 있다. 내 귀에 들리는 타인의 말들이 거슬릴 때가 있다. 하지만 더러는 내 말이 남의 기분을 나쁘게 할 때도 있다. 세상이 항상 내 마음대로만 움직이지 않으니 어찌하겠는가.

시간이 지나면 그토록 찬란했던 빛도 바래는 것이니, 그러려니 하고 살다 보면 이전의 분노가 안개 걷히듯 사라지고 마음의 상처도 차차 치유될 것이다. 다정했던 사람과 헤어질 수도 있고 믿었던 친구에게 뒤통수를 맞기도 한다. 그러나 뒤통수를 치고 달아난 친구가 스승이 되기도 하고 헤어졌던 연인과 백년가약을 맺기도 한다. 고드름이 땅에서 솟구치기도 하는 세상이 아닌가. 아름다운 세상을 아름

답게만 보고 살기에도 짧은 우리의 인생사가 아닌가. 인생
은 나그넷길, 발걸음도 가볍게 휘파람 불며 유유자적한 세
상 고이 보내리.

죽음에 대한 명상

08

우리는 자기 자신의 죽음을 직접 체험할 수는 없다.

실존 철학의 대가 하이데거는 죽음은 고유한 것이며 결코 남과 바꿀 수 없는 그래서 반드시 찾아오는, 그것을 초월해서 살 수 없는 가능성이라고 규정하였다. 프랑스 작가 시몬 드 보부아르는 "어떤 의미에서는 죽음은 잘 수용해도 폭력"이라고 했다. 죽음은 혼자 떠나는 것이다. 모든 것을 남겨 두고 간다. 우리 삶은 갖고 가지 못하는 것들에 너무 집착한다. 마지막을 생각하면 삶에서 어떤 결정을 내릴 때 훨씬 현명해진다.

중세 수도원 수사들은 서로 인사를 할 때 Memento Mori(죽음을 기억하라)라고 했다.

나는 고생해서 늦게
아주 늦게 가고 싶다

가장 오래된 길에 들어
저승 가서 사용할 그릇들· 명기

이승 밖에서
무덤 안쪽에서 오래 써야 할 집기들

사람은 돌아가고
미래는 돌아온다

사람은 미래의 작은 부장품

나의 부장품일
이 느슨한 고생
이 오래된 미래

                  – 이문재의 시 명기(明器)

우리가 박물관 같은 데서 만나는 아름다운 그릇의 많은 수가 옛 무덤에서 나온 이른바 명기들이라는 사실은 잠시 청신한 죽음의 사색을 갖게 한다. 저승의 살림이 이승의 그것보다는 좀 더 맑았으면 하는 바람들이다. 그 마음의 문양을 통해 우리는 조선으로도 가고 저 찬란한 고려나 신라로도 가 본다. 오래 사는 일은 오래 고생하는 일임에도 우리는 오래 살고 싶어 한다. 왜? 그것이 생명 즉 하늘의 명령이니까.

우리들의 고생은 저승에 가서도 면할지 어떨지 모른다. 부와 명예가 그것을 해결해 주지는 않는다는 것이 오래된 학설이다. 그러니 이승의 고생이 부와 명예도 좋겠으나 아름다움을 위한 것이라면, 선함을 위한 것이라면 이 오래된 미래는 밝은 그릇처럼 빛나지 않겠나. 고생이 얼마쯤 달콤하지 않겠는가.

하늘에 사는 선녀가 천 년에 한 번씩 지상으로 내려와 집채만 한 바위를 옷깃으로 한 번 스치고 다시 천상으로 올라가는데 이렇게 스치고 닳기를 반복해서 이 커다란 바위가 모래알이 되는 시간이 1겁(劫)이다. 1겁이 아닌 천겁만겁을 지나서 신(神)도 셀 수 없는 영겁의 세월 속에 한 번 만나지는 끈끈한 관계가 바로 '인연'이라는 것이다.

오월에 태어나 오월에 떠난 영원한 오월의 소년 피천득은 그의 수필 '인연'에서 "어리석은 사람은 인연을 만나도 인연인 줄 알지 못하고, 보통 사람들은 인연인 줄 알아도 그것을 살리지 못하고, 현명한 사람은 옷자락만 스쳐도 인연을 살릴 줄 안다"고 했다. 언제 어디서 만났든 우리가 살아가면서 맺은 인연을 소중하게 간직하고 이어가야 한다. 죽음을 생각하지 않는 삶이 과연 얼마나 의미가 있을까?

> 사랑하는 것이 인생이다.
> 사람과 사람 사이에 결합이 있는 곳에 기쁨이 있다.
>
> — 괴테

죽음에 관한 이야기에서 빼놓을 수 없는 사람이 있다. 의미 치료의 창시자이자 『죽음의 수용소에서』의 저자이기도 한 빅터 프랭클이다. 죽음의 포로수용소에서 살아남아 본인이 몸소 체험한 이야기를 바탕으로 쓴 『죽음의 수용소에서』라는 책은 한국의 독자들은 물론 전 세계의 독자들의 심금을 울린 책이다. 빅터 프랭클은 삶과 죽음에 대한 의미를 새삼 깨닫게 하고 우리가 어떻게 살아야 하고, 왜 살아야 하는지를 알게 해준 고마운 분이다.

그는 다음과 같이 말했다.

"왜 살아야 하는지 아는 사람은 그 어떤 상황도 견뎌낼 수가 있다. 삶에 어떤 목적이 있다면, 시련과 죽음에도 반드시 목적이 있을 것이다. 하지만 어느 누구도 그 목적이 무엇인지 말해 줄 수는 없다. 각자가 스스로 알아서 이것을 찾아야 하며, 그 해답이 요구하는 책임도 받아들여야 한다. 그것을 찾아낸다면 어떤 모욕적인 상황에서도 계속 성숙해 나갈 수 있을 것이다. 인생을 두 번째로 살고 있는 것처럼 살아라. 그리고 지금 당신이 막 하려고 하는 행동이 첫 번째 인생에서 이미 그릇되게 했던 바로 그 행동이라고 생각하라"

40여 년 동안 정신과 의사로 살면서, 남들은 일생에 한 번도 수술을 받지 않고 사는데 열여섯 번이나 수술을 받았으며, 70여 년을 사는 동안 무려 여덟 번이나 자살 시도를 한 후 불과 몇 개월 전에서야 우울의 늪에서 탈출한 나로서는 죽음이라는 단어가 새삼스럽고 각별하게 느껴진다.

나의 은사 이시형 박사님께서 빅터 프랭클을 1990년대 초에 오스트리아 빈에서 처음 만났었다고 한다. 1997년 20세기를 대표하는 대학자 빅터 프랭클은 심장병으로 영면했다. 그리고 얼마 후 출판사에서 그의 저서를 번역해 달라는 청탁을 받고 『죽음의 수용소에서』를 번역하게 되었다.

이시형 박사는 다른 책을 번역할 기회가 여러 번 있었으나, 원저자와의 생각이 다를 수 있다며 사양하였었다. 그러나 프랭클의 저서 번역에는 선뜻 응낙했다. 정신과 의사로서 이시형 박사의 평생 잊지 못할 멘토였기 때문이다. 최근 『내 삶의 의미는 무엇인가』라는 책을 출간하고 동시에 의미 치료 학회를 설립하였다. 한국의미치료 학회 부회장인 박상미 선생과 공저로 이 책을 출간하고 삶과 죽음에 대한 의미를 새삼 깊이 생각하게 하였다.

한평생 살면서 각종 고난을 겪을 때 한 번쯤 죽음을 생각해 보지 않은 사람이 어디 있겠는가? 최근 어떤 유명 인사의 어이없는 죽음을 보고 다시 한번 삶과 죽음에 대한 생각을 곱씹게 된다. 우리는 어떻게 죽음을 맞이하고, 그때까지 어떻게 살아야 하는지 곰곰이 생각하게 되는 밤이다.

비 내리는 어느 날 밤에

09

응급실에 근무하라는 명을 받고 난장판보다 더 난장판인 응급실에서 정신없는 시간을 보내고 있었다. 그날따라 장맛비가 구성지게 내리고 연이은 교통사고 환자들로 응급실은 난장판을 넘어 북새통이 되고 있었다.

전혀 반갑지 않은 구급차 사이렌 소리에 오늘도 잠자긴 애당초 글렀다고 생각하며 응급실로 들어오는 환자를 반기는 듯 맞이하는데 핏기라고는 찾을 수 없을 정도로 창백한 중년 여성이 실려 왔다. 응급실 침대로 옮기는데 웬 중학생이 헉헉거리며 들어왔다. 자기가 그녀의 아들이라고 말했다. 심한 복통을 호소하는 환자를 진찰한 결과 맹장염이 의심되었다. 요즈음 같았으면 문제가 없었을 터인데 40여 년 전인 그때만 해도 오진이 허다하였다.

일단 맹장염 소견이 나온 터라 외과 당직 전공의에게 일차 진단 결과를 보고했더니 곧 응급실로 내려오겠다는 것이다. 원내 전화로 보고를 하긴 했는데 무엇인가 찝찝한 기분이 들었다. 자궁외임신이 의심이 되기도 해서 아들에게 그 소견도 의심된다고 했더니 그럴 리가 없다며 펄쩍 뛴다. 어머니는 아버지와 헤어진 지가 오래된다고 한다. 만일에 자궁외임신이라면 여간 곤란한 일이 아니다. 맹장염으로 죽는 경우는 드물지만 자궁외임신이라면 상황이 복잡해진다. 지금처럼 의료 보험이란 것도 없었던 시절이었으니까.

우선 아들을 그 자리에 있으라고 하고 환자를 응급실 내 간이 분만실로 옮겼다. 그때서야 희미한 의식 줄을 잡고 있던 환자가 자궁외임신일지도 모르겠다고 한다. 아들 몰래 만나는 애인이 있다는 것이다. 부랴부랴 산부인과 당직 의사에게도 보고를 했다. 추가 검사 결과 자궁외임신으로 2차 진단이 내려졌고 수술실에도 연락을 했다.

콜을 받고 응급실로 내려온 외과 전공의는 씩씩거리며 환자 좀 제대로 보라고 늙은 인턴인 나에게 핀잔을 준다.

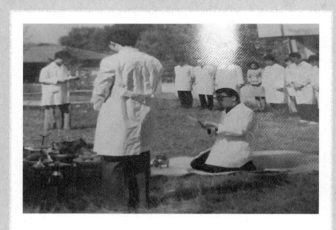

#해부학실습 위령제 헌시 낭독

그런데 입원 수속하러 간 아들이 함흥차사이다. 이유를 알아보니 입원 보증금이 없어 수술실로의 이동이 불가하다고 한다. 혈압은 계속 떨어지고 있고, 얼굴은 더욱 창백해졌다. 의식마저 희미해진다. 응급실에서 진짜 응급 상황이 발생한 것이다. 세상 물정을 모르는 인턴인 내가 야간 원무과로 달려갔다.

다짜고짜로 우선 수술부터 받도록 하자는 나의 제안에 원무과 직원이 나더러 "선생님이 저 환자 보증을 서 줄 수 있어요?" 라고 묻는다. 일단 그렇게 하겠다고 호기를 부리고는 입원 서약서에 서명을 하고 부랴부랴 수술실로 옮겼다. 다행히 수술이 잘되고 환자는 의식이 명료하여 입원실로 옮겼다는 소식을 듣고 안심을 하고 있었다.

입원실로 옮기고 난 후 그 환자 보호자가 사라지고 사흘째 나타나지 않고 있다는 산부인과 인턴의 전언이었다. 낭패가 났다. 쥐꼬리만 한 월급조차도 구경을 못하게 되었다. 마누라 잔소리를 어떻게 받아 넘겨야 하나 걱정이다. "덩치는 조그마한 사람이 웬 오지랖이 그렇게 넓어요?" 하고 핀잔을 줄 게 뻔한데 아내에게 뭐라고 변명을 해야 하나? 잔머리를 굴려 보지만 별다른 뾰족한 방법이 없다.

그런데 이튿날 아들이 병실에 나타났다. 그날도 추적추

적 비가 내리고 있었다. 그 환자 아들이 호주머니 속에서 꾸깃꾸깃 잔돈에 동전까지 꺼내 놓으며 울먹거리며 하는 말이다.

"의사 선생님. 죄송합니다. 신문 배달을 하면서 학비를 벌고 있는데 그것으로는 턱없이 부족해 아는 사람은 죄다 찾아다니며 구한 돈이에요."

순간 나도 모르게 그 학생을 와락 껴안고 말았다. 그 병실에 있던 다른 환자 보호자까지 감동의 눈물을 쏟았다.

시집이라는 다리

고부간의 갈등으로 인해 상담하러 오시는 분들이 요즈음 들어 현저하게 줄었다. 이런 현상을 다행이라고 해야 할지 불행이라고 해야 할지 모르겠지만 우선은 다행이라고 하자. 그런데 그 이유를 곰곰이 분석해 보면 반드시 그런 것만도 아닌 것 같다. 아직 자식들이 미혼이라 경험한 적은 없지만 임상 경험으로 미루어 볼 때 세월이 가면서 결혼 문화가 급속도로 바뀌면서 고부간에 놓인 이 시집의 다리가 엄청 변모한 것 같다. 아파트 이름 지을 때에 젊은 여성들이 적극적으로 참여하여 시부모들이 함부로 찾아오지 못하게 어렵게 아주 요상하게 명

10

명했다는 이야기는 이미 전설이다.

할머니 두 분이 각각 손주 학교에 찾아갔는데 한 분은 웃으며 나왔고 한 분은 울고 나왔다. 울며 나온 어르신은 손주에게 용돈을 안 주고 그냥 나왔고, 손주에게 용돈을 듬뿍 주고 나온 어르신은 웃으며 나왔다는 실화는 숱하게 많은 요즈음이다.

이것도 실화인데 우리 이웃 동네에서 있었던 일이다. 결혼을 끝까지 반대하는 시어른들을 무시하고 결국 결혼식장에 들어선 예비 며느리가 신부 대기실에서 시어머니되실 분에게 귓속말을 남겼다.

"이제 내가 이겼지롱!"

그 말을 들은 시어머니 자리는 그 말을 지체 없이 남편에게 전했고 결혼식 시작 10분 전에 축하객들에게 해량을 구하고 이 결혼식은 애당초 없었던 것으로 하였다.

근래 들어 며느리와의 갈등으로 상담받으러 오시는 분이 확연히 늘었고 상대적으로 시어머니와의 갈등으로 상담하는 젊은 여성들은 드물어졌다. 시집의 다리가 화장을 해도 너무 심하다. 하기야 얼굴도 온통 수선한 후에라야 결혼을 하겠다는 시대이니 시집의 다리가 휘황찬란하게 변할 수밖에.

자살에 관하여

7월의 첫 월요일 아침입니다. 토요일은 외갓집 가족들과, 일요일은 친가집 식구들과 2박 3일의 즐겁고 행복한 주말을 보내고 몸은 피곤하지만 상쾌한 기분으로 출근을 했습니다. 그런데 점심시간이 시작되기도 전에 한 환우로 인해 유쾌한 내 기분은 잠시 접어야 했습니다. 보호자와 함께 내원한 중년의 여성은 머뭇거리며 저의 질문에 대답하기 시작했습니다. 내용은 자살을 시도하여 남편에게 끌려오다시피 상담을 받으러 온 것이었습니다. 자살 문제로 내원한 경우가 드물지 않아 별로 놀라지는 않았습니다만 다음 이야기에 그만 기가 막히고 말았습니다. 친정엄마도 그렇게 돌아가셨고 딸 또한 우울증 치료를 받았고 지금은 치료조차 거부하고 있다는 것이었습니다.

"나를 죽이지 못한 것은 나를 더욱 강하게 만들 것이다."
니체의 말입니다.
니체는 또 말합니다.
"왜 살아야 하는지 아는 사람은 그 어떤 상황도 견뎌낼 수 있다."라고.
저는 자살 생각 때문에 괴로워하는 환우들에게 묻습니다.
길거리에서 양다리가 다 없는 그렇게 늙지도 않은 남자가 제 한몸 걸치기도 어려운 널빤지를 타고 다니며 음악을 틀어놓고 동냥을 하러 다니는 모습을 본 적이 있는가?

의미 치료의 창시자 빅터 프랭클은 말했습니다.
"삶에 어떤 목적이 있다면, 시련과 죽음에도 반드시 목적이 있을 것이다. 하지만 어느 누구도 그 목적이 무엇인지 말해 줄 수는 없다. 각자가 스스로 알아서 찾아야 하며, 그 해답이 요구하는 책임도 받아들여야 한다. 그것을 찾아낸다면 어떤 모욕적인 상황에서도 계속 성숙해 나갈 수 있을 것이다."

이어서 말합니다.

"인생을 두 번째로 살고 있는 것처럼 살아라. 그리고 지금 당신이 막 하려고 했던 행동이 첫 번째 인생에서 이미 그릇되게 했던 바로 그 행동이라고 생각하라."

저는 차마 내 자신도 불과 10개월 전에 7번째, 8번째 자살을 시도했었다는 말을 할 수가 없어 환우와 그의 남편의 눈물을 닦아 줍니다.

"한 번 더 살아보자고. 우리가 사는 의미가 무엇이며 우리가 겪고 있는 시련의 숨어 있는 가치가 어디에 있는지를 함께 찾아보자."고.

실버시대

12

재작년에 일본에 간 적이 있다. 여러 가지로 느낀 점이 많지만 가장 인상적이었던 점은 길거리에 유난히 노인층이 많았다는 것이다. 평일이라 젊은 층은 대부분 직장에 나간 이유도 있겠지만 일본이 고령화 사회에 진입했음을 나타내는 것이다. 칠십이 넘은 의사들 사이에서 공공연하게 떠도는 우스갯소리가 있다.

"우리는 개원을 접고 나면 요양병원에서 봉직 의사로 근무하다가 요양병원에 입원을 하고, 요양병원에서 일생을 마감하게 될 것이다."

우리나라는 인터넷 기술 세계 1위이며 휴대

폰 기술, 반도체 기술 역시 세계 1위이다. 그리고 경제협력 개발기구(OECD) 국가 중 자살률도 1위이다. 아마도 조만간 일본을 앞질러 고령화 사회가 되고 노인 사회가 될 전망이다. 이혼율이 세계 1위이면서 출산율은 매우 저조한 실정이다. 젊은 세대들에게는 결혼이 필수가 아닌 선택이 된 지는 이미 오래전이다.

결혼을 해도 아기를 둘 이상 낳은 경우는 매우 드물다. 의학의 발달과 위생 관념이 점차 철저해지면서 자연히 수명이 연장되고 급격하게 노인 인구가 늘어나고 있다. 역설적이지만 코로나19로 인해 고령층이 고위험군에 들어가면서 어르신들이 워낙 조심을 하여 노인 감기 환자가 줄어들었음은 물론 코로나19가 고령화 사회 만들기에 일조를 하고 있다는 일선 의사들의 하소연 아닌 하소연을 들으며 실소를 금하지 못한다.

도대체 이런 상황을 어떻게 이해하고 어떻게 해결해 나갈지 하는 고민을 담당 부처인 보건복지부에서 하고 있다. 얼마 전부터 각 구청 정신보건센터가 정신보건복지센터로 이름을 바꾸었고, 자살예방센터에서도 어르신들 특히 혼자 사시는 어르신들을 중심으로 각 가정을 가가호호 방문하여 말동무도 되어 드리고 필요한 물건도 전해 드리고 있다.

고령화 시대를 맞이하여 실버산업의 육성책이 강구되고 사회 문화가 빠른 속도로 변화하고 있는 것이 눈에 보인다. 각 사회단체 및 복지관에는 어르신들이 절대적으로 늘어나고 있다. 지하철이 없는 울산에서 살아 상세한 숫자를 확인할 수는 없지만 아마도 대도시 지하철역에는 어르신들이 차지하는 비율이 상당히 높을 것이라 판단된다. 물론 지하철을 공짜로 이용할 수 있다는 점이 많이 작용하기는 했을 터이지만.

아직 며느리를 보지 못해 전해 듣기만 했지만 요즈음에는 며느리 눈치는 물론이요 아들 눈치 보는 것도 상당한 스트레스라고 한다. 얼마 전에 진료실을 내원한 환우 한 분이 나에게 질문을 한 적이 있다.

"요즈음 정신건강의학과 전문의 초봉이 얼마나 되나요?"

그분의 아들이 올해 전문의가 되어 모 병원에서 근무 중인데 자신이 기대했던 것보다 훨씬 적은 용돈을 받고 그것도 직접으로 받은 것이 아니고 예금 통장으로 입금해 준다고 한다. 서운한 마음이 들어 다음 날 전화로 월급이 얼마인지를 물어보았다가 망신만 톡톡히 당했다는 것이다. 나만큼 미련한 아버지였다. 고생 고생하면서 세계 1위 교육열답게 공부시켜 시집 장가보내고 아들네 집이나 딸네 집을 갈 때도 사전 승인을 받아야만 하는 낀 세대.

실버시대에 사는 우리는 도대체 어찌하란 말이냐? 부모는 그저 스폰서에 불과하며 효도라는 용어 자체가 젊은이들에는 전설처럼, 요상한 물건처럼 치부되는 요즈음 우리는 어찌 살라는 말이냐? 노령연금이나 국민연금으로는 친구들과 어울려 차 한잔, 소주 한잔도 하기 어려운데 도대체 어디 가서 하소연을 하란 말이냐?

머리에서 가슴까지

13

온갖 꽃들이 릴레이를 이어 가는 계절의 여왕 오월이 행복을 합창하고 있는 이 시각. 오늘도 나의 상담실에는 자신의 불행을 호소하러 내원한 이들의 사연이 끊이지 않는다.

49세가 된 아들이 아직도 장가를 안 가고 직장도 다니다 말다를 반복해서 스트레스를 받아 우울증에 걸린 것 같다는 70대 중반의 여성부터 27세 아들이 남들이 부러워하는 대기업에 취직을 했는데 두 달 만에 스스로 직장을 그만둔다고 해서 그 걱정에 잠을 제대로 잘 수가 없다는 50대 중반의 남성에 이어, 그러면 안 되는 줄 알면서도 가정을 가진 남성과 교제 중인데 사귄 지 삼 개월도 안 되는데 이제는 도저히 그 남자와 헤어질 수가 없을 것 같다는 40대 후반까지 모두 정신건강의학과 의사의 도움이 필요한 이들이다.

문제는 현재 호소하는 불안증이나 우울증, 불면증 같은 문제의 핵심을 본인들도 알고는 있는데 그것을 해소하는 것이 마음대로 잘 안 된다는 것이다. 우울증이든 불안증이든 불면증이든 적응 장애이든 원천적 문제는 자신들에게 있는 것이다.

그 첫 번째 문제는 시간의 보복을 받고 있는 것이다.

"오늘의 불행은 언젠가 내가 잘못 보낸 시간의 보복이다."라는 나폴레옹의 명언을 구태여 인용하지 않더라도 각자에게 주어진 시간을 제대로 사용하지 못해 생긴 후유증이 마음의 병이 되는 것이다. 모든 병이 그렇지만 특히 마음의 병이란 것은 짧지 않은 시간 동안 쌓이고 쌓인 스트레스의 누적물이라고 해도 과언이 아니다. 같은 종류의 같은 크기의 스트레스라도 그것을 받아들이는 사람의 병전 성격에 따라 그 무게가 달라진다. 이성적으로는 자신이 무엇을 잘못 생각하고 있고 어떻게 해야 할지 알고 있으면서도 마음이 불안하고 우울한 것은 자신의 감정을 제대로 다스리지 못한 데서 연유한다.

"오늘의 불행은
언젠가 내가 잘못 보낸 시간의 보복이다."

쉽게 감정을 다스리지 못하는 이유는 머리와 가슴 사이가 너무 멀기 때문이다. 키가 아무리 큰 사람이라도 머리에서 가슴까지 1미터가 안 된다. 그러나 머리에서 가슴까지 가는 시간은 빨라야 3일 길게는 6개월이 걸리기도 한다. 흰 종이를 10명에게 보여 주고 무슨 색이냐고 질문하면 다 흰색이라고 답을 하는데 그중에 한 명은 흰색이 아니고 파란색이라고 우긴다. 그래서 자세히 관찰해 보면 그는 파란색 안경을 끼고 사물을 보기 때문이라는 것을 알게된다. 문제는 그 파란색 안경을 벗어버리면 되는데 쉽게 그렇게 하지를 못한다. 왜 그렇게 쉽게 보이는 일을 그는 할 수가 없는 것일까?

다른 사람보다 유달리 많은 욕심과 다른 사람보다 더 심한 고집 내지 아집이 안경 벗기를 거부하는 것이다. 그 욕심과 아집을 버려야 하는데 마음의 병을 앓고 있는 이들은 머리에서 가슴까지 오는데 그만큼 시간이 많이 소요되기 때문이다.

마음의 병을 예방하는 첫 번째 방법은 주어진 그때 그 시간을 잘 보내야 한다. 감정과 이성의 조화를 이루는 일이 쉽지는 않겠지만 그렇게 해야 한다.

둘째는 욕심이나 아집을 버려야 한다. 욕심이나 아집이

라는 놈이 다른 사람을 이해하는 데 훼방을 놓는다. 다른 사람을 이해하지 못하니 상대방에 대한 배려가 어렵게 되고 결국에는 타인에게 그 원망을 돌리게 되고 본인 스스로는 괴로움이라는 우물에 빠지고 마는 것이다.

다음으로 마음의 병을 예방하는 방법 중 하나는 본인의 성격이나 성향을 평소에도 스스로 자각하는 것이다. 자신의 장단점을 이해하고 자신의 특유의 색깔을 알고 있다면 그만큼 마음의 병에 걸릴 확률은 줄어든다.

마지막으로 일상생활 속에 반드시 취미 생활이 있어야 한다.

압력밥솥에 구멍이 뚫어져 있지 않다면 그 밥솥은 밥이 다 되기 전에 폭발하고 말 것이다. 취미 생활을 통해 수시로 다가오는 스트레스를 적절히 날려버려야 평소에 건강한 정신 상태를 유지할 수가 있다. 건강한 정신에 건강한 육체, 건강한 육체에 건강한 정신은 동전의 양면과 같은 것이다. 머리에서 가슴까지 가는 시간을 스스로 줄이는 것이 정신 건강을 유지하는 최대의 관건이다.

이 세상에서 가장 재미있는 일은 무엇일까? 영화나 소설, 음악. 미술, 스포츠 등 재미있는 일들이 너무나 많다. 먹는 즐거움도 재미난 일이고, 사랑을 교환하는 일도 재미난 일이다. 그러나 사람 관찰만큼 값싸고도 재미있는 일은 없을 것이다.

그것도 여성의 알몸을 남몰래 훔쳐보는 일. 구미가 저절로 당기는 일이 아닌가. 그런데 그것이 정신병이라면 어떻게 되는가? 신윤복을 비롯한 여러 문학가, 예술가들이 모두 정신건강의학과 환자들이라는 말인가? 관음증 자체는 수많은 정신병 중에 하나인 것은 틀림없다.

14

관음증(voyeurism)을 예술로 승화시켰기 때문에 단순 관음증 환자들과 구분되어야 마땅하다.

성(性: Sex) 장애를 크게 세 가지 종류로 분류한다. 여기에는 성기능 장애, 성도착증, 성주체성 장애가 속한다. 관음증은 성도착증 중 하나다.

성(性)이란 무엇인가? 그것은 사랑과 성행위를 말한다.

문학, 미술, 영화 등 예술 전반에 널리 퍼져 있고 매력과 불가사의한 힘을 만들어낸다. 에로티시즘이란 성적 사랑과 사랑의 신(神)을 나타내는 그리스어 에로스에서 유래된 것이다.

그 유명한 정신분석학자 지그문트 프로이트는 생존 본능을 지칭하는데 에로스라는 용어를 사용했고 그것의 에너지를 지칭하는 데 리비도라는 용어를 사용했다. 성욕은 식욕과 더불어 모든 생명체의 양대 본능이다. 성애에는 특별한 즐거움을 위한 역량 즉 성감이 필수적이다. 성감은 신체 부문들이 흥분과 반응을 일으키는 특정한 기억 및 환상과 만날 때 극대화된다. 그것이 오르가즘이다. 프로이트는 성감은 증가되거나 감소될 수 있고 신체의 한 부분으로 전환될 수도 있는 양적 요인으로 가정했다.

성적 욕구 감퇴 장애는 성적인 환상 또는 성적 활동에 대한 욕구가 지속적으로 또는 반복적으로 부족하거나 없으며, 우울증이나 조현병과 같은 다른 정신 장애 때문에 발생하지는 않는다. 관음증을 포함하는 성도착증은 성적 만족의 대상이나 표현의 장애를 특징으로 한다. 관음증은 다른 사람의 성적인 활동을 관찰하는 것이 성적 흥분을 유발하는 수단인 경우다.

성도착증은 정신건강 의학과적 실제에서 흔하게 볼 수 있는 것은 아니다. 각설하고 관음을 예술적으로 표현해서 성(性)을 거의 금기시했던 그 시대의 사람들뿐만 아니라 현세의 사람들에게조차 대리 만족을 시켜 주고 성이란 결코 추한 것이 아니라 아름다운 것일 수도 있다는 점을 강조한 선조 예술가들에게 경의를 표한다.

이제는 시대도 많이 바뀌었고 문화도 아주 다양해졌다. 에로티시즘이나 관음증(voyeurism)을 한 차원 더 높은 경지로 끌어올리는 작업을 좀 더 과감하게 할 필요가 있다. 표현의 자유를 침해하지 않고 인권을 침해하지 않는 범위 안에서 문학을 하는 작가들뿐만 아니라 모든 예술인들이 발 벗고 나서도 무리가 없는 시대에 살고 있는 우리들이 아닌가.

점심시간의 단상

15

오늘 조간신문을 이제야 읽는다. 기사 제목이 내 눈을 붙잡기에 충분했다. '위암 명의가 양양보건소로 간 까닭은'이다. 이달 말 퇴임을 하는 한양대의 권성준 교수의 이야기다. 위암 수술 건수가 3000회 이상, 대한위암학회장, 한양대 대학병원장을 지낸 노 교수가 정년퇴임식에서 시골 보건소 소장으로 부임한다는 소신을 밝힌 것이다. 나에게는 신선한 충격으로 다가온다.

나도 의사로서의 종착역을 외진 곳에서 봉사할 수 있는 곳으로 작정하고 어디로 가면 좋을까 찾고 있었기 때문이다. 더구나 내일은 평일임에도 진료실 문을 닫는다. 대한의사협회, 전공의, 전임의, 개원의들이 함께 벌이는 파업투쟁에 동참하기 때문이다. 내일도 평소처럼 진료하겠다는 두 아들을 간신히 설득시켰다. 한때 대한의사협회 비상대책위원회위원장까지 했었고, 현재 대한의사협회 고문이라서가 아닌 한 평범한 의사로서 내일 의사 파업은 충분한 이유가 있다는 판단이다.

하루 휴진하면 경제적 손실도 당연히 감수해야 한다는 것에 대한 아내의 입장도 모르는 바는 아니다. 그러나 의사가 돈으로만 살 수는 없는 것이 아닌가? 정년 퇴임을 앞둔 권 교수에게 누구나 탐을 낼 각종 러브콜이 분명 있었을 것이다. 외과의사로 평생을 보낸 권 교수인들 어찌 메스를 손에서 놓기 싫다는 생각을 안 해봤겠는가? 그의 용기 있는 결단과 봉사 정신에 더 없는 찬사를 보낸다. 나도 이제 현직에서 물러나 봉사로 마무리할 수 있는 곳을 찾아봐야 할 때가 된 것 같다. 단순히 감상적으로 결정할 일은 아니니 심사숙고해야겠다.

코로나 19

16

질기고 질긴 장마가 물러가고 가을이 성큼 다가왔다. 9호 태풍 '마이삭'과 10호 태풍 '하이선'이 휩쓸고 지나간 흔적을 지우느라 손놀림이 바쁜 들녘에는 뭉게구름이 지나며 위로의 말을 전한다.

이번 추석은 어쩔 수 없이 비대면 차례를 지내야 할 것 같다. 산소 벌초도 직접 가지 말고 전문 대행업체에 맡기라는 정부의 권장도 있다.

코로나19는 우리의 일상생활은 물론 문화 전반에 걸쳐 상당한 변화를 초래했다. 최근 사회적 거리두기 2.5단계 격상으로 종교적 활동 위축, 결혼식 연기, 10명 이상의 각종 모임 금지 등 불편함이 이만저만이 아니다.

질병관리본부의 발표에 따르면 2020년 9월 3일 0시 기준 신종 코로나바이러스 감염증(코로나19) 신규 확진 환자가 198명 발생했다. 하루 확진자의 수가 200명 아래로 떨어진 건 17일만이다. 하지만 위중·중증 환자 수는 전날보다 31명이나 늘어 154명이 됐다. 최근 2주 만에 13배 가까이로 증가했다. 전문가들의 예상보다 훨씬 빠른 속도다.
  질병관리본부의 지극한 노력과 국민들의 적극적인 협조에도 불구하고 신규 확진 환자가 늘어가는 추세라 걱정이 태산이다.

누구의 위촉을 받았는지도 모를 왕관 비슷한 것을 신종 코로나 바이러스가 쓰고 나타나 전 세계를 위협한 지 9개월이 지났건만 코로나19 대유행은 아직 멈출 기세가 아닌 듯하다. 2020년 9월 4일 12시 현재 한국의 코로나19 확진 환자 수는 20,842명에 달하고 사망자 수는 330명이 넘었다. 코로나19 방역 지침 공통 사항을 보면 방역 관리자 지정 및 지역 보건소 담당자의 연락망 확보 등 방역 협력

체제 구축하기부터 마스크 착용하기, 손 자주 씻기 등 다양하다. 이제 마스크를 쓰고 생활하는 것은 일상이 되었다.

일부 지방자치 단체에서는 벌금을 부과하겠다고 예고했다. 대구광역시의 경우 공공장소에서는 물론 대중교통 이용 시, 심지어는 길거리에서조차 마스크 미착용 시 벌금 300만 원을 부과하겠다는 행정명령을 발동했다. 이 외에도 서울, 경기도, 울산광역시 등에서도 벌금 부과를 예고한 상태다. 마스크를 쓰고 생활하는 것이 얼마나 불편한 일인지 알면서도 어쩔 수 없이 착용하지 않으면 안 되게 되었다. 이제는 집을 나설 때면 가장 우선 챙기는 물건이 마스크가 되었다. 이 외 방역 지침 공통 사항은 사람 간 간격을 2m 이상 거리두기, 손을 씻을 수 있는 알코올 손 소독제 비치하기, 손 씻기 및 기침 예절 준수 안내문 게시하기 등이다. 이제는 중화요릿집에 가서 자장면 한 그릇을 먹으려고 해도 발열 체크는 물론이고 성명과 연락처를 반드시 기록해야만 하는 상황에 이르렀다. 만일 코로나19로 인한 사망자가 한 명도 없었다면 이토록 불안해했을까?

신규 확진 환자가 발생한 대기업 회사나 대규모 공장의 경우 집단 감염의 우려가 커지고 있어 사회적 불안 요소를 한층 가중시키고 있다.

'혹시나 내가 감염되면 어쩌나 내가 감염되어 죽게 되면 어쩌나' 하는 불안과 죽음에 대한 공포가 점차 확산된다면 단순한 개인 문제가 아닐 것이다.

가득 찬 물잔을 들고 한 방울도 흘리지 않고 100m를 뛸 수 없는 것처럼 불안을 경험하지 않고는 현대를 살아갈 수가 없다. 우리는 잠을 자면서도 불안을 느낀다. 간혹 악몽을 꾸는 이유도 잠들어 있으면서도 불안을 느끼기 때문이다.

살아 있는 존재는 모두 다 불안을 느낄 수밖에 없다. 불안이란 말 그대로 완전한 안전을 보장받을 수 없는 상태에서 느끼는 감정이다. 요즈음처럼 누가 코로나19 보균자인지 모르는 상황에서 사회적 거리두기나 마스크 쓰기는 당연한 자기 방어이다.

유명한 철학자이며 신학자인 폴 틸릭은 현대인의 정신적 상황 자체가 불안이라고 지적했다. 틀에 박힌 생활을 하든, 극심한 경쟁 사회에서 살든 생존을 위해 몸부림치는 우리들에게 불안이란 항상 존재하는 것이다. 불안하기 때문에 존재한다고 말할 수 있을 정도로 불안은 모든 사람들 마음속 깊이 자리를 잡고 있다. 다시 말해, 존재 자체가 불안이다.

요즈음 들어 고용 불안, 경제적 불안정 등 사회적 어려움

살아 있는 존재는 모두 다 불안을 느낄 수밖에 없다.
불안이란 말 그대로 완전한 안전을 보장받을 수 없는
상태에서 느끼는 감정이다.

이 극대화된 시점에서의 코로나19 사태는 거의 공황 상태로 몰아가고 있는 실정이다. 조만간 코로나19 백신이 개발되어 공급될 수 있을 것이라는 예측은 있으나, 실체로 백신을 맞을 수 있을 시점이 언제일지는 아직 모른다.

하루빨리 백신이 우리 손에 도달할 수 있기를 학수고대한다. 그날까지 방역 지침을 성실히 수행하여 더 이상의 피해자가 나오지 않기를 기도할 뿐이다.

눈으로도 보이지 않을뿐더러 현미경으로도 잘 보이지 않는 한낱 바이러스 앞에서 전 세계 인류가 무릎 꿇고 있는 현실이다. 인간이란 얼마나 무력한 존재인가?

그러나 역사가 증명했듯이 기필코 머지않아 코로나 백신은 개발될 것이며 코로나19는 퇴치될 것임을 확신한다.

코로나19가 우리에게 전해 준 메시지는 분명하게 해석해야 할 것임을 명심해야겠다.

노당키! 즉 "걱정을 해서 걱정이 없어진다면 걱정할 일이 없겠네."라는 티베트 속담을 구태여 인용하지 않더라도 우울증 환우들의 초기 증상은 공연한 걱정을 스스로 사서 한다는 것이다. 당겨서 걱정하지 말고 걱정을 키워서 하지 말 것. 어느 누가 걱정 없이 살 수 있겠는가. 이런 저런 스트레스는 살아 있는 존재라면 누구나 다 받으면서 산다.

3부

노
당
키

의형제

01   사랑하는 아우들에게

　　동녘이 서서히 밝아오면서 오늘도 어김없이
내 글방 창가에서 까치 두어 마리가 주말 아침
인사를 건넵니다. 그동안 아우들에게 부치지
못한 편지는 여러 번 썼지만, 오늘 쓴 편지는
보내겠습니다. 사랑하는 아우들과 인연을 맺은
지도 벌써 50년이나 됐네요. 세월은 유수 같다
더니 요즈음은 그 말이 실감이 납니다.

　　세월의 더께를 하나씩 젖히고, 시간의 이끼
를 내 입으로 핥으며 우리 일곱 아우와 나의

인연을 하나씩 풀어 봅니다. 아득한 기억들이기는 하지만 50년 전 아우들과 처음 만났을 때의 장면은 너무나 뚜렷해 평생 잊을 수가 없습니다. 내 사랑하는 일곱 아우! 내가 그때 아우들을 만난 것은 정말로 행운이었습니다. 가족 이외 가장 사랑하는 이가 누구냐고 물으면 아우들의 얼굴이 제일 먼저 떠오릅니다. 시몬, 분도, 글레멘스, 히지노, 제랄드, 모이세, 안드레아 차례로 사랑하는 아우들의 이름을 불러 봅니다. 매일 문자를 통해 서로 인사를 나누고 있지만 그리운 마음은 어쩔 수 없습니다.

50년 전 고등학교 1학년 어느 날 아우들이 우리 집에 왔습니다. 평소에 성당에서 자주 얼굴을 보는 사이인데 집으로 찾아와서 의아했습니다. 아마도 6명 동급생이 의형제로 지내는데 나이도 같다 보니 형이 필요했던 것 같습니다. 처음 찾아왔을 때 나는 완곡하게 거절했습니다. 자격도 없을뿐더러 매 주일 성당에서 얼굴을 대하는데 굳이 내가 맏형으로 들어갈 필요가 있느냐고 말은 했지만, 기실은 맏이로서 자격도 자신도 없었기 때문입니다.

그러나 다시 찾아온 아우들의 간곡한 부탁을 또 거절하지는 못했습니다. 3학년들은 대학입시 준비 때문에 바쁜

#의형제 50주년 기념(의형제)

#가톨릭 학생 문학상(산문 부문) 수상

다고 하고 2학년 중에서는 마땅한 선배가 없다고 했지요. 동급생이면서 나이가 세 살이나 많은 내가 맏형으로서 적임자인 것 같아 다시 찾아왔다는 아우들의 설득에 그제야 맏형이 되겠다고 했지요.

인연의 소중함을 나이가 들어가면서 더 깨닫게 됩니다. 이듬해 안드레아가 우리의 모습에 반해 막내로 인연을 맺게 됐습니다. 신기하게도 맏이와 막내의 세례명이 '안드레아'이고 나머지는 각각 달랐습니다.

사랑하는 아우들. 올해가 50주년입니다. 50년이나 만나면서 어떻게 단 한 번도 충돌 없이 지낼 수 있었을까요. 더러는 친형제 간에도 다투고 헤어지고 사는데 우리 의형제의 우의가 이렇게 돈독한 것은 무슨 이유일까요. 아마도 같은 종교를 가진 점이 크게 작용했을 것입니다.

사랑하는 아우들. 의사라 바쁜 맏이와 막내 이외에는 한 달에 한 번씩 정기적으로 만나고 있는 아우들을 보며 한편으로는 부끄럽고 죄송합니다. 아우들이 무탈하게 지내며 우의를 다지고 있는 모습을 보면서 앞으로 맏형의 역할에 대해 생각해 봅니다.

그동안 진료 이외 문인 활동과 잡다한 사회 활동을 하느라 분주해서 학회가 있거나 강북삼성병원에 행사가 있을 때 서울에 올라가면 어쩌다 아우들과 식사를 하곤 했지요. 지난 여름에도 서울에 특강하러 갔다가 얼굴을 못 보고 그냥 온 것이 마냥 아쉽네요. 이 세상 모든 이야기가 아름답다 해도 나에게는 우리 여덟 의형제 이야기가 가장 아름답습니다.

급브레이크

여전히 후드득후드득 비가 내린다. 칠월을 보낸 것이 아쉬운 것인지, 장마가 끝나는 것이 아쉬운 것인지 비는 간단없이 내린다.

내 인생 칠월을 정리라도 하라는 듯 하느님이 주신 이 귀한 시간을 곱게 다듬질한다. 칠십여 년을 살면서 오롯이 나만의 휴가를 즐길 수 있는 시간은 이번이 처음이다. 그동안 해마다 여름휴가는 있었지만 대개는 가족들과 함께였다. 더구나 부실한 신체로 인하여 보호자 없이는 장거리 여행은 허락되지 않았다. 그저께 갑자기 그 누구에게도 말할 수 없는 심란한 일이

돌발적으로 일어났다. 넘쳐나는 환자들을 감당하느라 혼을 빼앗길 정도로 몸과 마음이 푹 절인 파김치가 될 지경인데, 정신건강의학과 전문의인 나도 감당하기 힘든 일들이 겹치고 겹쳐 어찌할 바를 모를 지경에서 만난 9일간의 휴가는 나에겐 귀하고 귀한 하느님의 선물이 되었다.

홀로 있다는 것은 자유를 뜻하기도 하고, 무한 책임을 스스로 감당해야만 한다는 뜻이기도 하다. 그저께 갑작스럽게 벌어진 가정사가 나도 모르게 아버지에 대한 그리움으로 번졌다. 지난 금요일 밤새 자는 둥 마는 둥 뒤척이다가 일단 아버지를 뵙기로 했다. 청주 형님께 아버지가 뵙고 싶다는 전화를 드렸더니 선뜻 함께 가잔다. 형님은 혈당이 조금 높아져 있었는데, 조카며느리가 시아버지를 위해 단백질이 풍부한 게를 사 드리려고 함께 바다로 향하고 있는 중이었다. 영덕 강구항으로 가는 중이라는 전화를 받고 책두어 권을 들고 부랴부랴 글방을 나섰다. 울산에서 영덕으로 가는 14번 국도는 오다 말다, 쏟아지다 하는 장맛비로 인해 내 마음만큼이나 심란하다.

강구항에 거의 다 왔을 무렵 난처한 일이 생겼다. 지독한 길치인 내가 아내의 말을 어긴 것이다.

"나 이외 이 세상 그 어떤 여자의 말도 믿어서는 안 돼요.

설령 내비게이션이라 할지라도."

아뿔싸 그랬다. 점심때가 훨씬 지났는데도 밥을 안 줘서 화가 난 것인지 어떤지는 알 수 없지만 내비게이션이 골을 부린다. 길을 엉뚱하게 일러 준 내비게이션 말을 곧이곧대로 믿고 길을 잘못 들어선 것이다. 수시로 어디쯤 오고 있냐는 형님의 전화에 "거의 다 와 갑니다."를 연신 반복하면서 나는 그 특유의 당황 끼를 주체하지 못한다.

한 달 전에 8년이 지난 내 차를 한 단계 업그레이드된 벤츠 신형으로 바꾸었다. 막상 새 차를 뽑고 운전대를 잡고 보니 이 차는 나에게 과분하다는 생각이 들었다. 승차감은 작은아들 말대로 끝내 준다. 실내 조명은 수시로 바뀌면서 그 화려함을 맘껏 자랑하는데 마치 고급 룸살롱에 들어온 기분이다. 언뜻 아들의 눈치를 보니 엄청 부러워하는 것 같다.

그날 나는 고민 끝에 그 차를 아들에게 선물로 주기로 작정했다. 내일모레가 생일인데다 결혼식을 앞두고 있던 터라 겹경사를 맞이한 작은아들에게 선물하게 되었다. 기실 이 늙은이에게 그 화려하고 값비싼 큰 차가 꼭 필요한 것도 아니다. 아들 차도 새 차로 바꿔 준 지가 일 년밖에 안 된 것으로 내가 운전하기에는 만만하기도 했다. 그런데 아들과 바꾼 이 차의 내비게이션이 미처 업그레이드가 되

#첫 조카 백일기념

지 않아 말썽을 부린 것이다.

울산서 출발할 때는 18시 5분에 도착 예정이라던 차가 강구항이 빤히 보이는 지점까지 왔으면서도 헛돌고 있고, 그 누구 못지않은 길치인 나는 에어컨이 켜져 있는데도 진땀을 흘리고 있다. 겁도 없이 평생 처음 홀로 먼 거리를 달려온 것이 후회되는 순간이다. 아니나 다를까 또다시 형님에게서 전화가 걸려온다. "정곤아. 어디쯤이니? 얼마나 더 걸리니?"

나는 약속 시간이 한 시간 하고도 반 시간이 더 지난 이 상황을 어떻게 설명해야 할지 몰라 갑자기 자장면 배달원의 목소리를 낸다. "예. 예. 다 와 갑니다." 기가 막힌다. 약속한 '25번 대게집'이 눈앞인데 앞차들이 그냥 멈춰서 버린 것이다. 온통 대게를 먹으러 몰려든 차들로 인해 대게 식당에 주차 공간이 턱없이 부족했던 탓이다.

식당마다 종업원들이 나와 서로 자기 집으로 들어오라고 노골적인 호객 행위를 하고 있다. 개뿔! 주차할 데도 없으면서 무조건 자기 집으로 들어오란다. 일단 형님께 전화를 해서 조카 내외와 먼저 식사를 시작하라고 말씀을 드리고 나니, 에어컨을 너무 세게 틀어서인지 시장기 때문인지 한기가 든다. 당뇨 약을 복용 중인지라 식사 시간을 넘기면 한기가 들면서 진땀을 흘리는 일이 다반사이기는 했다.

간신히 대게 거리를 벗어나 형님과 만난 시각은 약속 시간보다 두 시간이나 지나 있었다. 형님과 조카 내외는 그냥 먼저 먹는 시늉만 한 모양새다. 오랜만에 만났더니 질부의 수다가 늘어진다. 늦은 저녁을 먹고 강구항을 출발해 청주로 가는 길. 그 길은 왜 또 그렇게 멀기만 한지? 억수같이 퍼붓는 소나기로 인해 앞차들이 갑자기 속도를 줄이고 나도 급하게 브레이크를 밟는데 동승한 형님이 한 말씀하신다. "빗길에 급브레이크를 밟으면 차가 돌아버릴 수 있어." 뻔한 말씀이신데 그 말이 내 가슴에 꽂힌다. 속도를 서서히 줄이며 순간 나는 생각한다.

그동안 70여 년을 살아오면서 얼마나 많이 급브레이크를 밟아왔던가?

시간은 우리를 변화시키지 않는다.
시간은 단지 우리를 펼쳐 보일 뿐이다.

– 막스 프리쉬

2020년 8월 8일 새벽 질긴 장맛비가 간단없이 내리고 있다. 울산 집에서 아침 식사를 하고 하동에 갈까 말까 망설이다 결국 오전 11시가 지나서야 글방을 나섰다. 간밤에 줄곧 내리다가 새벽에 잠깐 그치는 듯하더니 또 후드득 비가 내린다. 올해 장마는 예사롭지가 않다. 그 끝자락에서 무슨 한풀이라도 하듯 며칠째 간단없이 내리더니 결국 인명 피해까지 낳았다. TV에서는 온통 물난리에 대한 방송을 하고 있다. 각 지역별 피해 상황을 보도하더니 경고성 방송도 하고 있다.

아직도 많은 양의 비가 더 올 것이며 특히 오

늘, 내일이 고비라고 한다. 섬진강 댐에 물이 넘쳐나 하동 곳곳이 교통 통제가 되고 있다는 TV 방송을 접하고 나는 고민하지 않을 수 없게 되었다. 스스로 약속한 지리산과의 재회를 실행에 옮겨야 할지, 말지를 두고 망설인다. 시간은 자꾸 가고 언제까지나 심사숙고만 할 수 없는 일. 결국 하동으로 가기로 작정하고 글방을 나선 것이다.

열흘 전 박 문학 평론가, 화가인 최 교수, 시인인 전 작가와 함께 지리산에 갔었다. 지리산 도사인 김 사진작가와 하동 '흔적문화갤러리'에서 짧지도 길지도 않은 시간 동안 담론을 나누었다. 담론의 주제는 '빛'이었는데 김 작가는 여명을 주로 사진에 담아 두는 특이한 사진작가여서 그런지 일출의 아름다움을 유독 강조했다. 석양을 더 좋아하는 나로서는 어쩔 수 없이 이 문제에 대해 반론을 제기하게 되었고, 가벼운 설전이 있었다. 함께 자리를 한 다른 분들의 자연스러운 개입으로 담론은 무리 없이 종료되고 우리 일행은 지리산과 아쉬운 작별을 했다.

돌아오는 길에 박 평론가에게서 선물 받은 『지리산에 사람꽃이 핀다 2』는 김 작가의 포토에세이로 나에게 많은 감동을 주었다.

집으로 오는 길, 차 안에서 잠시 묵상에 잠겼다. 고희를 기념하며 지리산을 만나고 돌아가는 내내 무언가 그곳 '흔적문화갤러리'에 빠뜨리고 온 것이 있는 것 같고, 지리산에는 알 수 없는 빚을 지고 온 것 같은 찝찝한 마음이었다. 오늘 하기휴가의 끝을 곱게 갈무리하고 싶은 욕심도 있고 해서 무리한 여행길에 나섰다. 입추가 지나기는 했으나 여전히 장맛비의 기세는 누그러들 줄 모르고 있다. 이런 날씨에 지팡이에 의존해 혼자 집을 나서는 것을 아내가 알면 못 가게 말릴 것은 불문가지다. 아내뿐만 아니라 그 누구에게도 알리지 않고 혼자 나왔다. 다른 지인이 알기라도 하면 필시 아내에게 고자질을 할 것이 뻔하기 때문이다.

자그마한 배낭 하나 울러 메고 '흔적문화갤러리'로 향하는 발걸음은 그 어느 때보다 가벼웠다. 간단없이 내리는 장맛비를 뚫고 사천 휴게소에 도착한 나는 커피 한잔과 담배 한 개비를 벗 삼아 차 안에서 잠시 휴식을 취한다. 이제 조금만 더 가면 열흘 만에 지리산과 재회를 하게 된다. 우중에도 다시 방문을 한 이 늙은 시인을 지리산도 반겨 줄 것이라 믿으며 다시 자동차에 시동을 건다.

사천 휴게소에서 일차 목적지인 '최참판댁'까지는 정상

적인 교통 흐름이라면 한 시간 이내 거리다. 그러나 예사롭지 않은 오늘 날씨가 나를 여간 애먹이는 것이 아니다. 가는 곳마다 교통 경찰차가 경광등을 켜고 있고, 우회해서 간 그 길 역시 교통 통제를 하고 있었다. 최참판댁도, 흔적 문화갤러리도, 섬진강 댐도 화개장터도 못보고 되돌아 나서야 할 지경이다.

역시 나는 지독한 길치에 멍청하기가 이루 말할 수 없다. 한마디로 자평하자면 미련퉁이다. 장맛비는 원수 갚듯 쏟아 붓고, 배는 고프고 날은 어두워지고 여간 난감한 일이 아니다. 아무리 배짱이 좋은 나라지만 당일치기는 무리다. 눈에 제일 먼저 띄는 집이 모텔이든 호텔이든 일단 들어가고 볼 일이다. 울산 집을 나선 지 6시간 만에 어느 무인 모텔을 찾았다.

빗속에서 만나는 하동은 여전히 정겹다. 비구름 잔뜩 머금은 하동은 신호등만 외롭다. 푸른 신호등, 녹색 신호등, 적색 신호등 번갈아 바뀌어도 인적 드문 하동은 절간 같다. 장엄하다는 지리산 자락을 중증 하지 지체 장애인인 내가 어루만지는 것은 어부성설이다.

그러나 나는 내일 일찍 열흘 만의 지리산과의 재회를 할

것이다. 난생 처음으로 귀하게 얻은 혼자만의 하기휴가를
아름답게 마무리하고자 하는 것 역시 내가 미련퉁이라서
일까?

출근길 단상

04   승강기도 없는 사층 건물 계단을 오늘 아침
도 뒤뚱거리며 올라가고 있다. 어디가 아파 이
건물 계단을 힘겹게 올라가고 있는지는 알 수
없지만 한 오십대 중년 여성이 나를 앞질러 계
단을 올라가고 있다. 허리가 부실한지 올라가
다 말고 한참을 쉬었다 무거운 발걸음을 재촉
한다. 괜스레 나는 미안한 생각이 든다.

       부득이 병원을 이전할 수밖에 없었지만 승강
기도 없는 건물로 옮긴 것은 노년의 환우들에
게 여간 미안한 일이 아닐 수 없다. 다행히도
이층 한의원 문을 열고 들어가는 것을 확인하

고서야 안도의 한숨을 쉰다. 어느 날 허리가 아파서 정형외과 치료를 받으러 다닌다는 어르신 한 분이 우울증을 호소하며 상담도 받고 약도 탈 겸해서 우리 병원에 내원했다고 한다. "무슨 병원 3층에 엘리베이터도 없냐."고 한참을 투덜거린다.

하기야 허리도 시원찮은데 3층 계단을 걸어 올라왔으니 불평을 할 만도 하다. 미안한 마음에 우선 죄송하다고 사과의 말씀부터 드린다. 나중에 내가 지팡이에 의지해서 이동해야만 한다는 사실을 알고 도리어 그가 나에게 위로의 말을 건넸다.

"살다 보면 이런 일 저런 일을 겪게 되는데 참 희한한 의사도 다 있네."라며 혀를 끌끌 차시던 어르신도 있었다. 승강기 없이 3층 계단을 오르내리는 일이 다반사이기는 하지만 3층에 있는 병원에 엘리베이터가 없는 경우는 처음 본단다. "원장님! 참 대단하십니다." 라고 말하는 환우에게 그저 빙그레 미소를 지으며 연신 "죄송합니다. 미안합니다." 라고 읊조릴 수밖에 다른 도리가 없다.

그러나 승강기도 없이 높은 계단을 오르내리며 살고 있는 사람들이 얼마나 많은가? 특히 빈한한 청년들의 절망

섞인 호소 속에 눈에 보이지도 않는 승강기 없는 계단이 엄연히 존재한다. 오히려 하지 지체 장애인인 이 늙은 의사가 그저 부끄럽기만 하다. 오늘도 3층 계단을 힘겹게 오르며 출근을 하고 있지만, 절망하며 눈에 보이지 않는 승강기를 애절한 심정으로 소원하는 청년들을 생각하면 나는 복에 겨웠다고 스스로 위로한다.

시(詩)를 쓴다는 것

시를 쓴다는 것은 흐르는 강물을 붙잡는 일이다. 시를 쓴다는 것은 흐르지 않는 호수 속을 들여다보는 일이다. 시를 쓴다는 것은 흔들리는 꽃잎을 붙잡는 일이다. 시를 쓴다는 것은 흔들리지 않는 산을 바라보는 일이다. 나무의 나이테를 읽고 나이테 속에 감춰져 있는 비밀스러운 이야기를 찾아내는 일이다. 바위가 왜 하필 여기에 있는지 궁금해하는 일이다.

시인이란 작가의 경험을 바탕으로 현재의 시선으로 바라보고 사물의 움직이는 모습을 사진으로 찍는 것이다. 미동도 하지 않는 태산 같은 바위도 시인의 눈으로 관찰하면 조금씩 움직이기도 한다. 그 점이 사진작가와 다른 점이다. 현재의 시선과 현재의 관념의 배경에는 시인의 의식 세계가 놓여 있고, 그 의식의 세계는 작가의 경험과 체험의 복합적 사상(事狀)들이 상호 작용하여 빚어내는 언어의 보관소가 있다. 그 언어의 보관소에서 시어를 찾아 운율적으로 엮어 가는 작업이 시를 쓰는 일이다.

시를 쓰기 위해서 최우선되어야 할 점은 정직함이다. 시가 창작임에는 분명하나 아무리 창작이라도 거짓이 똬리를 틀면 걷잡을 수가 없다.

다음이 순수함이다. 순수함이 없이는 눈에 보이는 사물을 제대로 볼 수가 없을뿐더러 늘 군더더기가 따라붙는다. 순수함이란 동심이 바탕이 되어야 한다. 그것도 끊임없는 동심이어야 한다.

다음이 풍부한 경험 및 체험이다. 그 경험과 체험의 바탕을 자신만의 철학적 관념으로 묶어 두는 일이다.

네 번째가 밝은 눈이다. 똑같은 사물이라도 흐리게 보이는 사람도 있고 밝게 보이는 사람도 있다. 보는 시각에 따라 달리 보이는 것이니 자세한 관찰은 필수다.

다섯 번째는 빚는 일이다. 빚는다는 것은 혼을 불어넣는 일이요 혼신을 다 하는 일이다. 장인이 도자기를 굽는데 같은 재료로 같은 방식으로 해서 불가마에 넣어도 다 같은

#필내음 자작시 발표

모습으로 나타나지는 않는다. 주제를 제대로 잡고 있어야 한다.

　마지막으로 퇴고의 중요성이다. 윤동주 시인의 경우를 예를 들면 평소에는 아주 온순하고 인정이 많아 친구들의 밥이 되다시피 했지만 자기의 시에 대해서는 절대로 양보가 없었다고 한다. 두 달이건 세 달이건 붙들고 퇴고를 거듭했다고 한다. 시어 하나가 자신의 마음에 안 들어 몇 개월간이나 발표를 미루었다는 시인도 적지 않았다고 한다. 어느 시인은 시라는 것은 밭에서 이리저리 굴러다니는 개똥참외와 같은 것이라고 했다. 개똥참외라고 해서 어찌 철학이 없겠는가마는 철학이 내재되지 않은 시는 시라고 하기에 어쩐지 미흡하지 않겠는가. 단지 시인마다의 철학이 다르다는 점은 분명히 이해하고 있어야겠다. 남의 글을 평하되 함부로 혹은 나름대로 재단하는 일은 삼가야 할 터.

'서로가 마주 보며 다져온 사랑을 이제 함께 한곳을 바라보며 걸어갈 수 있는 큰 사랑으로 키우고자 합니다.

저희 두 사람이 사랑의 이름으로 지켜 나갈 수 있게 앞날을 축복해 주시면 감사하겠습니다.'

부부의 날인 오늘 지인으로부터 청첩장을 받고 보니 감회가 새롭다. 어릴 때부터 성장 과정을 곁에서 지켜본 나는 벌써 이렇게 세월이 흘렀나 하는 생각과 함께 개구쟁이였던 친구의 아들이 어느새 이렇게 의젓한 성인이 되어 결혼식을 앞두고 있나 대견스럽기도 하다.

06

#장남과 함께

하늘에 사는 선녀가 백 년에 한 번씩 하늘에서 지상으로 내려와 목욕을 하고 내려가는데 그때 옷깃을 스치고 스친 산더미만 한 바위가 가루가 될 때까지의 시간이 일 겁인데 부부의 인연으로 만나기까지의 시간이 칠천 겁이라니 부부의 연은 실로 엄청난 인연의 만남이다.

그런데 사랑하고 사랑해서 함께 자고 함께 식사하고 서로가 숨기는 것이 없이 살자고 맹세하고 결혼을 했는데도 불구하고 신혼여행 다녀오자마자 헤어지는 부부가 드물지 않다. 뿐만 아니라 소위 졸혼(卒婚)이라는 황혼 이혼 역시 드물지 않은 작금의 상황이라 정신건강의학과 의사이기 이전에 아직 미혼인 두 아들을 둔 아버지로서 적지 않게 당황스럽다. 7쌍이 결혼하면 1쌍은 이혼을 하는 현실을 보면 이혼이 사회 문제가 된 것은 이미 오래전 일일 터.

무엇이 이런 사회적인 문제를 낳게 하였는가?

심각하게 고민해 보는 부부의 날이다. 중매결혼이 연애결혼보다 이혼율이 높다는 확실한 증거가 없는 것으로 볼 때 얼마나 오래 사귀고 결혼했느냐의 문제만은 아닌 것이 분명하다. 이렇게 오래고도 특별한 인연으로 만난 부부들이 헤어지는 이유는 실로 다양하다. 외도 문제에서부터 성격 차이, 경제적인 문제, 시댁과의 갈등, 기타 사소한 일이

단초가 된 일 등. 그 어떤 이유든 근본적인 문제는 서로를 너무 몰랐다는 것이다.

어떤 사람이 죽어 염라대왕 앞에 가게 되었는데 일단 지옥에도 갔다가 오고 천국에도 갔다가 오라는 명을 받고 지옥에도 다녀오고 천국에도 다녀왔다. 그런데 신기한 것은 지옥이나 천국이나 먹는 음식이 똑같은데 지옥에 있는 사람들은 피골이 상접한데 천국에 있는 사람들은 기름기가 흐르고 통통하더라는 것이다. 자세히 관찰해 보니 천국이나 지옥이나 숟가락, 젓가락이 어마어마하게 큰데 지옥 사람들은 서로 자기가 먹겠다고 난리인 데 반해 천국 사람들은 차분하게 서로에게 떠먹여 주고 있더라는 것이다.

부부임에도 불구하고 친구나 친척들과의 대화에서는 능동적인 사람도 무촌인 두 사람 간의 대화에서는 극히 피동적인 경우가 너무나 많다. 오죽하면 경상도 사나이들은 집에 오면 세 마디 말밖에 안 한다는 우스갯소리가 나돌까.
"애들은…?"
"밥 묵자"
"고마 자자"
하기야 정신건강의학과 의사인 내 아내조차 상담료를

줄 테니 대화 좀 하자고 말할까.

상대가 어떤 말을 할 때 왜 저런 말을 할까? 상대의 표
정이 굳어 있을 때 저 사람의 지금 기분이 어떨까? 한번쯤
생각해 볼 여유를 가진 후 대화를 시작해 볼 필요가 있다.
천국과 지옥의 이야기처럼 역지사지의 마음가짐으로 좀
더 진정성 있는 대화 자세를 갖추어야 한다. 이 세상 누구
보다도 더 사랑하고 사랑해서 결혼까지 한 칠천 겁의 인연
으로 만난 부부가 아닌가. 부부의 날에 나 자신부터 반성
하는 마음으로 이 글을 쓴다.

"사랑하였으므로 진정 행복하였다"라는 말을 죽을 때 배
우자에게 부끄럽지 않게 할 수 있는 그날을 위해 다소 미
흡하더라도 다소 미운 감정이 있더라도 참고 이해하고 온
유한 마음으로 서로를 잔잔한 미소로 바라볼 수 있는 부부
가 되자.

노
당
키

07

며칠 전 내원해야 할 환우는 오지 않고 대신에 그의 딸이 왔다. 의자에 앉기도 전에 눈물바람이다. 어찌하여 아버지가 안 오시고 대신 왔느냐고 묻자 한참이나 흐느끼다가 아버지가 스스로 하늘나라로 갔다고 한다.

정년퇴직을 불과 18일 앞두고 이승을 떠난 환우는 도대체 무슨 사연이 있었을까? 끝없이 눈물을 쏟아내는 고인의 딸을 겨우 진정시키고 사연을 들었다. 돌아가시기 전에 가족들은 전혀 그런 눈치를 채지 못하였고 바로 그날 회사에서 조퇴를 하면서 회사 동료에게 "나 먼저 간다." 라는 짧은 문자를 보냈는데 그 친구도 그날 오후에 다른 동료 자제의 결혼식이 있어서 결혼식장에 가느라고 조퇴를 하는 것으로 알고 예사로 생각했다고. 딸이 대신 내원하기 한 주 전에 그와 상담하면서 자살에 대한 생각 유무를 물었을 때도 전혀 내색이 없었다. 결국 내가 속았거나 좀 더 세밀하게 관찰하지 못했던 것이다. 40년을 정신과의사로 수많은 내담자와 상담하면서 가끔 이런 경험을 하게 된다. 참담한 심정과 자책감으로 며칠씩 가슴앓이를 해야만 한다.

여전히 세계에서 가장 높은 자살률을 기록하고 있는 대한민국. 매일 하루에 30명이 스스로 삶을 포기하고 이승을 떠나고 있는 한국이다. 산업화의 과정 속에서 '빨리빨리 조금 더 많이'가 불러온 후유증이 아닐까? 최근에 들어서 울산의 경기 특히 울산광역시 동구의 경기가 최악이라 더 큰 영향을 끼쳤을 것이다. 우울증 환우가 점차 늘어가고 있다. 경기 악화와 더불어 평균 수명 연장이 또 하나의 요인이기도 할 터.

대부분의 우울증 환자들은 자신이 형편없이 못난 사람이라고 생각한다. 그러나 실상을 분석해 보면 가진 것이 못 가진 것보다 많은 사람들이다.

근본적인 문제는 누구나 받을 수 있는 스트레스를 수용하고 그것을 완화하려는 노력을 하기 전에 모든 것을 당겨서 걱정하고 키워서 걱정하는 것이다.

노당키! 즉 "걱정을 해서 걱정이 없어진다면 걱정할 일이 없겠네."라는 티베트 속담을 구태여 인용하지 않더라도 우울증 환우들의 초기 증상은 공연한 걱정을 스스로 사서 한다는 것이다. 당겨서 걱정하지 말고 걱정을 키워서 하지 말 것. 어느 누가 걱정 없이 살 수 있겠는가. 이런 저런 스트레스는 살아 있는 존재라면 누구나 다 받으면서 산다.

흔들림 없이 굳건하게 서 있는 나무도, 향기를 품어내는 꽃들도, 자유롭게 날고 있는 새들도. 심지어는 흐르는 강물도 움직이는 구름도 스트레스를 받는다. 그러나 자연은 순리를 거스르지 않는 데 반해 인간은 순리를 그대로 접수하지를 못한다. 똑같이 받는 스트레스도 그것을 어떻게 받아들이는가에 따라 결과는 전혀 다르게 나타난다.

학교에서 시험 성적표를 받은 두 학생의 예를 들어 보자. 둘 다 70점을 받았는데 한 학생은 기뻐하고 다른 학생은 책상에 앉아 울기만 한다. 그 차이는 애당초 목표 설정이 달랐기 때문이다. 자신의 능력을 제대로 파악하지 못하고 욕심을 부려 스스로 자초한 슬픔이다. 자신의 능력을 과신하지 말 것. 걱정거리가 생겨도 그것을 일반화할 것. 사소하거나 공연한 걱정을 당겨서 하지 말 것.

Here & Now.

지나간 시간도 아직 오지 않은 시간도 현재 이 시간보다 중요하지는 않다. 지금 이 시각 지금 이 자리에서 내가 스스로 어떻게 생각하고 어떻게 행동하느냐에 따라 미래가 바뀐다. 경우에 따라서는 과거도 바꿀 수 있다. 매사에 생각은 긍정적으로 행동은 적극적으로 하는 것이 나 자신을 살찌우는 것이고 가족을 평안하게 하는 것이다.

이것이 우울증 발생을 예방하고 치료하고 나아가 자살을 막는 길이다. 바람은 어떻게 불든지 산으로 가고 물은 어디로 흐르든지 결국 바다로 간다. 아무리 천둥·번개가 치고 비바람이 몰아쳐도 곧 맑은 하늘 그리고 빛나는 무지개를 우리는 맞이하지 않는가.

고통은 극복하는 것이 아니라 견디는 것이라고 그 누가 말하지 않았는가. 신이 인간에게 고통을 줄 때는 그 사람이 이겨낼 수 없는 고통을 주지는 않는다. 우리가 그 고통의 의미를 잘 이해하고 견디기만 하면 반드시 전화위복의 기회는 온다.

스스로 불행하다고 생각하면서 자신을 괴롭히고 있는

모든 이들에게 위로를 보내면서 "파이팅!"을 외쳐 본다. 즐거워서 행복한 것이 아니라 행복하다고 생각해서 즐거운 것이다.

08

수원에서 매형 장례를 치르고 울산 집으로 내려오자마자 또 부고가 날아들었다. 이번에는 부산 매형이 하늘나라로 가셨다고 한다. 참 기가 막힌다. 누가 사월은 잔인한 달이라고 했던가? 나에게는 올해 삼월이 참 잔인한 달이다. 내 칠순이 있는 삼월에 일주일 사이에 연이어 매형의 부고를 접하니 운명이라는 것을 새삼 생각하지 않을 수 없다.

우리는 예외 없이 태어나는 순간 번호표를 받는다. 그런데 그 번호표에는 분명 있어야 할 번호가 없다. 아니 번호가 확실하게 있는데도 불구하고 우리 눈에는 그 번호가 보이지 않을

뿐이다. 쌍둥이로 태어난 나는 몇 년 전에 쌍둥이 아우를 잃었다. 한날한시에 태어난 쌍둥이 번호표도 이렇게 다른데 하물며 태어난 날도 각기 다른 사람들이야 더 말할 것도 없다.

살다 보면 지나고 보면 무엇인가 부족하고 무엇인가 허전하고 무엇인가 비어 있는 듯 아쉬움이 누구에게나 있다. 여느 동물이나 여느 식물에게는 느낄 수 없는 인간만이 느낄 수 있는 아쉬움이라는 감정이다. 뉘라서 먼저 이승을 떠나고 싶겠는가? 뉘라서 아쉬움을 남기고 떠나고 싶을까? 그러나 우리가 감히 거역할 수 없는 운명이라는 것이 있는 한 어쩔 도리가 없다. 유신론자인 나 역시 이 운명이라는 것을 피할 방법이 없다는 것을 잘 안다. 그래서 나는 평소에 일하듯이 기도하고 기도하듯 일하는 것(Laborare est Orare)을 평생의 신조로 평생의 생활 철학으로 또 하나의 신앙으로 믿고 실천하고자 노력하며 살고 있다. 그러나 나도 인간인지라 때로는 후회하고 때로는 반성하며 산다.

이 세상에 나오는 순간 번호 없는 번호표 아니 번호를 도저히 알 수 없는 번호표를 받고 태어나지만 태어난 순서에 관계없이 우리는 하늘의 부름을 받을 수밖에 없다. 그렇다면 조금 더 아쉬움을 남기지 않고 조금 더 후회 없는 삶을 살아야 하지 않겠는가. 칠순을 며칠 앞둔 이 시점에서 무엇을 버리고 무엇을 지녀야 할 것인지를 고민하게 된다.

분명한 것은 우리가 이 세상 소풍이 끝나고 원천적 고향 집으로 돌아갈 때 유형의 재산은 그 어떠한 것도 가져갈 수 없다는 사실이다. 그러나 무형의 재산은 영원히 남는다는 것이 철칙이다. 그러나 많은 사람은 이 사실을 알고도 모르는 체하거나 애써 모르고 싶어 한다.

인간에게는 누구에게나 거의 본능적인 욕심이라는 못된 것이 자리 잡고 있다. 그렇지만 평생을 살면서 어떻게 이 욕심이라는 놈을 잘 다스리는가에 따라 후회의 무게가 달라지고 무형의 재산의 크기가 달라진다. 번호가 없는 번호표를 받았으니 생전에 내 순서가 되기 전에 좀 더 자신의 욕심을 버리고 남을 이해하고 용서하고 배려하면서 봉사도 하면서 때로는 자기희생도 하면서 산다면 저기 먼 곳 어딘가에 가서도 뭐라고 변명할 여지는 있지 않겠는가. 그 누가 이승을 떠날 때 지옥에 가기를 원하겠는가. 그 누구인들 천국에 가고 싶지 않겠는가.

여생(餘生)이란 남은 생을 말한다. 그런데 여생이 얼마인지 우리는 그 누구도 예측할 수 없다. 아니 예측하고 싶어 하지 않는다. 이제 바쁘게 가던 발걸음을 잠시만이라도 멈추고 하늘 한 번 쳐다보고 산을 한 번 쳐다보고 강물도 한 번 바다도 한 번 쳐다보자. 그 어디에 욕심이 보이는가. 바람이 부는 대로 강물이 흐르는 대로 그렇게 순리대로 살자. 여행길에 가방이 무거우면 그 무엇이라도 비우지 않는가. 욕심을 버리면 그만큼 가벼워지는 것을.

우리는 누구나 어떤 옷을 입든 주머니가 달린 옷을 입고 산다. 심지어는 잠옷까지도 주머니가 달려 있다. 알몸으로 태어나 갓난쟁이 시절에는 주머니가 없는 옷을 입는데 걸음마를 시작하자마자 입는 옷에는 어김없이 주머니가 달려 있다. 철이 들기 시작했으니 이제부터는 제 간수는 제가 알아서 하라는 뜻이 담겨져 있는 것이다.

09

문제는 이때부터 남녀를 불문하고 눈에 보이지 않는 주머니를 하나 더 차고 다니게 되는데 그 이름은 '욕심주머니'라는 것이다. 일상 생활하는 데 불편하지 말라고 달아 놓은 주머니와는 달리 욕심주머니는 우리를 엄청 불편하게 한다. 살아가면서 욕심이 없다면 발전이라는 것은 없을 터이지만 문제는 그 욕심이라는 것이 한계를 짓기가 어렵다는 것이다.

우리는 그 주머니 속에 온갖 것을 다 넣으려고 한다. 돈이야 호주머니 속 지갑에 넣으면 간단하지만 명예욕, 과도한 물욕, 집착, 과시욕, 기타 본인이 미처 의식하지 못하는 온갖 잡동사니들을 욕심이라는 주머니에 넣으려고 한다. 급기야는 그 주머니가 너무 무거워 제 스스로 그 무게에 못 이겨 도중에 주저앉기도 한다.

호주머니 속에 들어 있는 것은 눈에 보이니 채울 수도 있고 비울 수도 있지만 욕심주머니에 들어 있는 것은 그리 녹록지가 않다. 비우려니 허전하고 채우려고 하니 마음대로 채워지지 않고 그래서 스스로 갈등을 키워 가게 되고 그때부터는 괴로움이 뒤를 따른다.

한 발짝만 물러나 자신을 돌아보면 좀 더 이성적이고 객관적으로 될 수 있는데도 이 욕심이라는 주머니는 자꾸만 유혹을 한다. 욕심이라는 주머니를 채우기 위해서 필연적으로 따라오는 것이 타인과의 관계이다.

욕심이 저절로 채워지는 것이 아니며 자기 노력만으로 채워지는 것이 아니니 다른 사람을 괴롭힐 수밖에 없다. 이기심이 작동하면서 이해나 배려는 자꾸만 멀리할 수밖에 없는 상황에 놓인다. 자기중심적인 태도가 일반화되고 고질적으로 되면서 차츰 괴물로 변해 간다. 눈에 보이지 않으니 그 주머니 속에 무엇이 잘못 들어가 있는지 깨닫기가 쉽지 않다. 조급할수록 빨리 달릴수록 더 보기가 어려워지는 것이다.

자기가 입고 있는 옷이 더러워지면 빨래를 하고 빨래를 하기 전에 호주머니에 들어 있는 것은 다 비우지 않는가. 설령 그것이 휴지조각이라도 호주머니에서 꺼낸다. 가끔씩은 욕심이라는 주머니도 살펴보고 비울 것은 비우고 필요하다면 빨래까지도 하자. 이기적인 것만이 자신의 영육을 건강하게 하는 것은 아니다. 이타적이면서도 자기를 살찌우는 방법은 욕심이라는 눈에 보이지 않는 또 하나의 주머니를 잘 관리하는 일이다.

시(詩)란 무엇인가

10　　　　칠레 시인 파블로 네루다는 세상에서 가장 어리석은 일이 시(詩)를 정의하는 것이라고 했다. 그만큼 시를 이해하고 설명하는 것은 그리 쉽지가 않은 일이다.

　　　　그러니까 그 나이였어…
　　　　시가 나를 찾아왔어. 몰라, 그게 어디서 왔는지,
　　　　모르겠어, 겨울에서인지 강에서인지.
　　　　언제 어떻게 왔는지 모르겠어,
　　　　아냐, 그건 목소리가 아니었고,
　　　　말도 아니었으며, 침묵도 아니었어,
　　　　하여간 어떤 길거리에서 나를 부르더군,

밤의 가지에서,

갑자기 다른 것들로부터,

격렬한 불 속에서 불렀어,

또는 혼자 돌아오는데 말야

그렇게 얼굴 없이 있는 나를

그건 건드리더군.

나는 뭐라고 해야 할지 몰랐어,

내 입은 이름들을 도무지

대지 못했고,

눈은 멀었으며,

내 영혼 속에서 뭔가 시작되고 있었어,

열(熱)이나 잃어버린 날개,

또는 내 나름대로 해보았어,

그 불을

해독하며,

나는 어렴풋한 첫 줄을 썼어

어렴풋한, 뭔지 모를, 순전한

난센스,

아무것도 모르는 어떤 사람의

순수한 지혜,

그리고 문득 나는 보았어

풀리고

열린

하늘을,

유성(遊星)들을,

고동치는 논밭

구멍 뚫린 그림자,

화살과 불과 꽃들로

들쑤셔진 그림자,

휘감아 도는 밤, 우주를

그리고 나, 이 미소(微小)한 존재는

그 큰 별들 총총한

허공(虛空)에 취해,

신비의

모습에 취해,

나 자신이 그 심연의

일부임을 느꼈고,

별들과 더불어 굴렀으며,

내 심장은 바람에 풀렸어.

세계문학 사상 처음으로 시(詩)에 대한 개념을 정리한 것으로 알려진 요순 시대의 순 황제는 시는 지(志)라고 했다.

지(志)는 마음속에 있는 것이고 그것을 글자나 말로 표현하는 것이 시다. 시는 마음이 바라는 바를 나타내는 것이며 노래는 가락과 장단에 맞추어 나타내는 것이다. 시란 대상과 시인의 교감에서 얻어진 심정을 언어로 표현한 것이라 짧게 정의할 수 있겠지만, 문제는 어떤 마음으로, 어떤 시각에서, 어떻게 보느냐에 따라 똑같은 꽃 한 송이를 보더라도 시가 다 다를 수밖에 없을 것이다.

아리스토텔레스는 시학(詩學)에서 "시는 율어(律語)에 의한 모방이다."라고 말했다. 여기서 모방이란 단순한 흉내 내기가 아니라 깨달음을 의미한다. 시란 상상력의 힘을 빌려 은유, 상징, 신화, 형상화(imagery)로 표현하는 언어다.

이근배: 나는 시를 모른다. 굳이 들이대자면 시는 개똥참외라는 생각이 든다.

문정희: 시란 무엇인가 묻지 말라. 시에 대한 정의는 언제나 완벽한 정의가 아니다. 오늘의 시인에게 있어 시는 건강과 같다.

#꿈에도 그리던 교수 첫걸음

김광규: 신자유주의 경제 체제에서 돈을 목적으로 부르지 않는 마지막 노래이다.

신달자: 내 뼈 안에서 울리는 내재율이다.

시는 아름답기만 해서는 모자란다. 사람의 마음을 뒤흔들 필요가 있고, 듣는 이의 영혼을 뜻대로 이끌어 나가야 한다.

사물이나 내면을 일일이 정물화처럼 그려내는 것이 아니라 시적인 단서만 제공하면 된다. 이 실마리를 통해 시인과 독자가 만나게 되며, 그것을 통해 공명하고 공감하게 되는 것이다.

시어(詩語)를 찾기 전에 먼저 해야 할 일은 시심(詩心)을 가다듬는 일이다. 정갈하고 순수하고 어린 마음을 늘 지니고자 하는 의지가 필요하다. 거울이 아무리 아름답고 황금빛 찬란하다고 해도 보는 사람의 눈에 콩깍지가 씌면 그 사람의 눈에는 자기 자신의 모습조차 제대로 볼 수 없을 것이다. 어떤 시각에서 보느냐는 그 시인의 모습이 어떠냐에 따라 달라진다. 한 인간의 모습이란 그 사람이 어떤 경험을 하고 어떻게 살아왔고 어떻게 살고 있느냐에 따라 달라진다.

내가 인제대학에서 근무할 때 대선배님을 모시게 되었는데 체구는 자그마한데 부지런하고 성실하심이 은빛머리와 어울려 곁에 가면 정말로 은은한 향기가 느껴질 정도였다. 존경하지 않을 수 없었다.

어떤 시각에서 보느냐는 각자의 자유다. 그러나 자세히 보아야 한다는 점이 강조되어야 할 것이다. 어떻게 보아야 하느냐의 차이에 따라 전혀 다른 시(詩)가 나올 수 있다. 똑같은 시간에 똑같은 사물을 바라보아도 화가가 보는 눈과 사진작가가 보는 눈과 시인이 보는 눈은 다를 수밖에 없을 것이다. 같은 시인이라도 사물을 관찰하는 그 시각에 그 시인은 어떤 상태였는가도 중요한 변수가 될 것이다. 나는 평소에 내 시는 '내 살이 타면서 나는 소리, 내 뼈를 깎는 소리'라고 생각하고 있다.

실없는 장난

이 세상에서 가장

6.25전쟁 70주년을 며칠 앞둔 지난 6월 16일 북한의 김정은 일당들은 개성의 남북공동연락사무소를 폭파하는 광경을 연출하였다. 북한 노동당 제1부부장 김여정이 6월 13일 한국과의 결별을 선언한 지 불과 3일 후이다. DMZ(비무장지대)에 대남확성기를 다시 설치했고, 무장한 군인을 배치하는 수순을 밟는 중이다. 국지적인 군사 도발도 예상된다.

대한민국의 햇볕 정책은 남북한 평화 무드를 조성하고 나아가 머지않은 시기에 한반도 통일을 이루고자 하는 염원에서 출발한 것이다.

11

그럼에도 불구하고 그동안의 남북교류 및 거의 무조건의 대북지원을 일시에 물거품으로 만들고 대한민국과 미국을 비롯한 우방국들에게 위협적인 신호를 보냄은 물론 전 세계에 긴장을 고조시키는 결과를 초래했다.

6.25전쟁 발발 몇 개월 전에 태어나 부산에서 자란 덕분에 당시의 참상에 대해 직접 목격하거나 경험한 바는 없지만 간접적으로 무수히 보고 들어서 전장이 얼마나 참혹한 살육 현장이라는 것을 잘 알고 있다. 그동안의 인류 역사상 수많은 전쟁이 있어 왔으며 현재도 분쟁 지역에서는 여전히 국지전이 전개되고 있다. 두 번의 세계대전과 히로시마와 나가사키의 핵폭탄 투하의 결과가 전쟁이 어떤 것인지 여실히 보여 주고 있다. 그런데도 불구하고 핵무기를 보유한 북한은 여전히 전쟁 놀음에 여념이 없다.

윌리엄 셰익스피어는 "천국의 평화란 진정 정의롭고 자비로운 전쟁에서 칼을 드는 자들의 것이다." 라고 말했지만 정의롭고 자비로운 전쟁이란 있을 수가 없다.
그리스 철학자 플라톤은 "오직 죽은 자만이 전쟁의 끝을 본다." 라고 했다. 군대도 갔다 오지 않은 내가 생각해도 전쟁이란 이 세상에서 가장 쓸없는 불장난인 것 같다. 현 정부가 들어선 후 남북 간에 합의된 4.27 판문점 선언 9.19 평양공동 선언 및 9.19 군사 분야 합의서 등이 모두 형해화(形骸化)되는 순간을 맞고 있다.

그동안 강력하게 추진했던 한반도 비핵화 및 평화 프로세스가 돌아오지 못할 강을 건너게 되는 것은 아닌지 심히 염려된다. 6.25전쟁 70주년이 되는 오늘날까지도 끝나지 않고 있는 비극의 6.25전쟁! 6.25가 김일성이 소련의 승인과 지원을 받아 일으킨 계획적인 남침이었다는 것은 옛 소련의 외교 문서들을 통해 거듭 확인된 역사적 사실이다. 그런데도 긴 세월이 흐르면서 젊은 세대 중에는 누가 6.25를 일으켰고, 누구에게 가장 큰 책임이 있는지 등에 대해 잘 모르는 이들이 많다.

1950년 12월 영하 40도의 혹한 속에서 치른 장진호 전장에서 산화한 호국 장병들의 유해 147위가 미국을 거쳐 기나긴 여정 끝에 70년의 세월이 흐른 2020년 6월 24일 오후 5시 드디어 조국의 품으로 돌아왔다.

조국을 수호하고자 초개같이 하나뿐인 목숨을 바친 호국 영웅들의 귀환을 애도하듯 하늘에선 굵은 빗줄기가 하염없이 내렸다.

그동안 6.25 전쟁 유해 발굴 전사자는 12만 2,609명이며 아직 우리 곁으로 돌아오지 못한 전사자가 12만 3,000 명이나 된다고 한다.

전쟁 발발 70년이 된 지금까지도 북한에 인질로 잡혀 있는 국군 포로들이 조국으로 돌아올 꿈을 버리지 못한 채 90대 인생을 붙들고 견디고 있다고 한다.

백년도 되지 않아 이 땅에 다시 전쟁이 일어나면 어떻게 될까?

코로나19로 인해 힘든 유월을 보내고 있는 요즈음 6.25 전쟁 70주년을 하루 앞둔 오늘 마음이 더욱 복잡한 것은 비단 나뿐일까. 이 세상에서 가장 실없는 장난은 전쟁이다. "인류가 전쟁을 끝내지 않으면 전쟁이 인류를 끝낼 것이다."라는 존 F 케네디의 명언이 새삼스럽게 다가온다.

큰
별
이
졌
다

한국의 전쟁 영웅이자 세계의 영웅인 백선엽 장군이 2020년 7월11일 100세의 일기로 별세하셨다는 부고를 접한 순간 비록 6.25전쟁 발발 3개월 전에 태어나 책으로나 언론 매체를 통해서 그 전쟁이 어떻게 시작되었고, 어떻게 진행되었고, 어떤 과정을 거쳐 휴전이 되었는지 알고 있다. 70년이 지난 지금까지도 종전이 선언되지 않아 끝나지 않은 전쟁으로 여전히 남북 관계는 긴장의 끈을 놓지 못하고 있다.

우리나라의 최초의 사성장군이었던 백선엽 장군의 업적은 한국 전쟁사 아니 세계 전쟁사의 전설로 통한다. 사단장에 임명된 지 얼마 안되어서 6.25전쟁이 발발하여 최전방 지휘를 맡아 죽음의 능선을 넘나들며 조국을 수호하기 위해 온갖 노력을 다하셨다. "노병은 죽지 않는다. 다만 사라질 뿐이다." 라는 맥아더 장군의 말처럼. 백 장군이 백 년을 사실 동안의 한국 근대사를 보면 이처럼 굴곡이 많은 나라가 이 세상에 또 어디 있을까 하는 생각이 든다. 1사단장을 거쳐 군단장, 참모총장을 하고 한국 최초의 대장 계급장을 달 당시의 일화는 너무도 유명하여 지금도 많은 사람들에게 회자되고 있다.

이승만 대통령이 "내가 대장인데 어떻게 백선엽 장군이 대장이 될 수가 있나?"라고 하면서 주저했다는 것이다. 아마도 그 이후 국군 통수권자인 대통령의 계급이 대장 위인 원수가 되지 않았나 하고 혼자 생각해 보지만 확인된 사실은 없다.

6.25전쟁 당시의 백선엽 장군의 일화는 무수히 많다. 1950년 6월 25일 새벽 4시, 북한의 급습에 당황하고 턱없이 부족한 군사력 탓에 미군을 비롯한 유엔군이 참전하였으나 후퇴를 거듭할 수밖에 없었다. 한국군은 밀려 낙동강까지 후퇴하게 되었고, 낙동강 전선을 최후의 보루로 삼고 사력을 다해 저지선을 지키고 있을 무렵 이미 대통령은 부

"노병은 죽지 않는다. 다만 사라질 뿐이다."

산으로 피난을 가 있었다. 그 유명한 다부동 전투에서 "내가 물러서면 너희들이 나를 쏴라. 너희들이 물러서면 내가 너희들을 쏘겠다." 라고 독려한 이야기는 지금도 전설로 남아 있다. 당시 전투에서 아군이 패했다면 낙동강 전선을 유지하지 못해, 인천상륙작전과 같은 반격은 없었을 것이고 오늘의 번영한 한국은 꿈도 꾸지 못했을 것이다.

목숨 걸고 한국의 최전선을 지휘 통제한 백선엽 장군이 있어 지금의 우리가 있는 것이니 어찌 보면 모든 국민의 생명의 은인이라 불러도 과언은 아닐 터. 전설이자 국군의 영웅인 백선엽 장군을 추모하는 분위기가 예사롭지 않다. 마땅히 서울 동작동 국립묘지에 안장되어야 함에도 만장이라는 핑계 아닌 핑계로 국립대전현충원에 안장하였으니 안타깝기 그지없다. 백선엽 장군은 생전에 스스로 전우들이 잠들어 있는 서울현충원에 장지를 정한 적이 있다고 하지 않는가. 조문 분위기만 보아도 한심한 생각이 든다. 하지만 백 장군이 일제 치하에서 우리나라가 해방되기 전에 간도특설대에 있었다고 하는 이유로 친일로 몰아 구국 영웅을 이렇게 홀대하는 것은 과연 옳은 처사인가?

정경두 국방장관이 서울아산병원에 마련된 백장군의 빈소를 찾아 숙연한 표정으로 "큰 별이 졌다." 라고 말했다고 한다. 해리 해리스 주한 미국 대사가 조문하기까지 우리 정부 당국자 그 아무도 백장군의 빈소에는 모습을 드러내지 않았다니 그저 한심하고 부끄러울 뿐이다. 그동안의 대북 관계에서의 태도나 친일몰이의 행태를 볼 때, 짐작할 일이기는 하지만, 해도 너무하다는 생각이 드는 것은 어쩔 수가 없다. 백 장군은 육군참모총장을 거쳐 합동참모본부 의장을 역임하고 예편을 했다. 주한 미군은 2013년에 그를 명예 미8군사령관으로 위촉해 각종 행사 때 주한 미8군 사령관과 똑같은 예우를 해왔다고 한다.

좌우를 떠나 오롯이 구국의 영웅이자 한국군의 전설의 죽음에 최대한의 예를 갖추는 것이 이 정부의 도리이고 국민의 대표자들이 마땅히 해야 할 일이다.

쓸 것인가 무엇을 어떻게

13

무엇을 쓸까 고민하지 마십시오. 어떻게 쓸까를 고민하십시오. 낚시를 하되 무엇을 잡을까 고민하지 마십시오. 어떻게 낚을까를 고민하십시오. 민물에서는 민물고기를, 바다에서는 생선을 잡으면 됩니다. 무엇이든 보고, 듣고, 맡고, 만지는 것뿐만 아니라 느끼는 것까지 글의 소재가 됩니다. 담뱃갑 속에서도 명화는 만들어지고 자기가 눈 똥을 보고 시(詩)를 짓기도 합니다.

사물을 어떻게 보느냐? 무엇으로 보느냐가 관건입니다. 때로는 현미경으로 봐야 하는 경우도 있고 때로는 잠망경으로 보아야 할 때가 있습니다. 육신의 눈으로만 보는 것이 아닌 마음의 눈으로 보아야 합니다. 아무튼 사람의 눈으로 보는 것이 중요합니다. 보는 각도를 달리하며 관찰해야 합니다. 입체적으로 볼 수 있으면 더 좋겠습니다.

어떤 글이든 작가의 철학이 담겨 있어야 합니다. 작가의 철학이 빈곤한 글은 소금기가 전혀 없는 고깃국이라 해도 진배가 없습니다. 평소에 저는 '글을 쉽게 쓰자. 문맹이 아니면 누구나 읽어볼 수 있는 글을 쓰자. 단, 읽고 감동을 받을 수 있어야 한다. 설령 문맹이라 할지라도 듣고 이해하고 감동을 받을 수 있는 글이라면 충분하지 않을까'라고 생각하고 있습니다.

아무리 맛있는 과자도 봉지째 뜯어 놓으면 금방 눅눅해져서 맛이 없어집니다. 시나 수필도 마찬가지입니다. 얼핏 떠올랐을 때 즉시 쓰도록 하는 습관을 가지세요. 나중에 쓰면 되지 하면 어느새 달아나고 없습니다. 퇴고는 두고두고 하면 됩니다. 글이란 마치 생선회 같아서 신선할 때 먹어야 합니다. 과식은 금물입니다. 지나친 치장도 금물입니다. 자기의 글을 너무 예쁘게 쓰려고 애쓰지 마십시오.

#필내음 문학 발표회

화장도 지나치면 본래의 그 아름다움을 잃게 됩니다.

자연산이 더 좋은 것은 글도 마찬가지입니다. 자신이 본 것, 만진 것, 들은 것, 맡은 것, 느낀 것을 쓰는 것이 좋습니다. 남에게 들은 이야기는 양식한 생선 같아서 그 맛이 많이 떨어집니다. 만일 다른 이에게 들은 좋은 소재가 있다면 본인이 직접 가서 보고 듣고 느끼십시오. 같은 절이라도 보는 사람에 따라 느낌이 다릅니다. 시간에 따라, 바라보는 각도에 따라 다 달리 보입니다.

좋은 글을 쓰기 위해서 우선되어야 할 것은 마음의 평정입니다. 호수가 맑아야 수면 아래가 잘 보이듯 마음이 맑아야 사물이 제대로 보이고, 본 것을 제대로 표현할 수 있습니다.

평안한 마음을 갖기 위해서는 묵상이나 명상이 필수입니다. 틈틈이 명상에 잠기는 습관을 들이십시오. 하루에 십 분씩 두어 번만이라도 명상을 하십시오. 글 쓸 때는 늘 음악을 틀어 놓으십시오. 클래식 음악이면 더욱 좋겠습니다. 저의 경험에 의하면 잔잔한 클래식 음악이 영감을 불러오는 데 제격입니다.

생명의 강
영축산에 흐르는

14

    칠십여 년 동안 영축총림 통도사를 몇 번이
나 갔다 왔을지는 나도 알 수가 없다. 부산에서
태어나 부산에서 자란 연고로 아주 어릴 때부
터 가끔씩 할머니 따라서 다닌 후로 수없이 갔
을 것이다.

    성인이 된 후로도 마음이 울적하거나 몸과
마음이 고단할 때면 수시로 세계문화유산 중
하나인 영축총림 통도사를 찾아 삶의 새로운
동력을 얻고는 했다.

    고희를 자축하기 위해 내 생애 처음으로 출
간하는 수필집 퇴고 작업을 마치고, 오전에 원
고를 출판사에 넘기고 나니 긴장이 풀려서인

지 피로가 일시에 몰려온다. 지친 몸과 마음을 달래기 위해 영축산을 찾았다. 8월에만 네 번째 방문이다. 평소에는 토요일 오후면 붐비는 인파들로 북적거렸었다. 통도사에 특별한 행사가 있는 날이면 차량 진입 자체가 어려워 도중에 돌아간 적도 여러 번이었다. 오늘은 토요일 오후임에도 코로나19 때문인지 통도사 가는 길은 한적하다. 통도사 나들목을 빠져나올 무렵 갑자기 쏟아지는 소나기로 인해 앞을 보기가 어려울 정도라 잠깐 갓길에 차를 세운다.

짧은 시간의 묵상. 비는 안개비가 되기도 하고, 는개가 되기도 하고, 이슬비가 되기도 한다. 때로는 소나기로 변하기도 하고 천둥·번개를 동반하기도 한다. 폭풍우가 되어 시련을 주기도 한다. 우리 인생도 비와 같아서 변화무상하다. 때로는 웃고 때로는 울며 고해와도 같은 삶을 그래도 견디며 살아가나 보다. 소나기처럼, 살며 부대끼는 고통도 잠시 잠깐 스치듯 지나가는 것이리니.

통도사는 입구부터 세계문화유산다운 풍모를 자랑한다. 소나무도 춤추게 하는 시원한 바람이 불어오는 길 '무풍한 솔길'을 거쳐 제 1주차장에 차를 세운다. 차에서 내려 뒤뚱거리는 걸음으로 지팡이에 의존해 계곡으로 향했다.

긴 장마 덕분인지 계곡의 물소리는 세차다. 언제부터인가 이곳에 올 때마다 여기가 단순한 계곡이 아닌 생명의 강(江)이 흐르고 있을 것이라고 생각해 왔다.

통도사 연가

오만불손 태풍 하이선 고이 잠재운
천년 고찰 영축총림 통도사
지친 영혼 살포시 보듬는 어버이 영축산

자장율사 온기 스민 무풍한솔길
천사백년 묵언수행 솔향기 그윽하고
영축산 계곡에 흘러넘치는 깊고도 넓은 생명의 강
가는 시간 붙들고 시름하지만
내 가슴 속에도 도도히 흐르고 있네

잘 살아있었음을 증명하고
잘 살아있음을 확인하고
잘 살아갈 것임을 천명하는
생명의 강

어제도 오늘도 끝없이 흘러

나를 일깨우고

내 영혼을 잠들지 않게 하는

깊고도 넓은 생명의 강

연못 위 금강계단

부처님 진신사리

통도를 향하는 길 일러주고

천왕문 옆 가림각

도량을 수호하는 법 일깨우네

석가여래 자비로운 미소

처처에 그리움으로 맴돌고

서운암 가는 길

하늘보다 아름다운 능소화 자존심 지키고

장경각 은은한 풍경소리

놀란 금낭화 말없이 지고

성파스님 중건한 서운암 삼천불전

인류평화, 남북통일 염원 담은

십육만사천 도자기 대장경

석가여래 대자대비

만천하에 고하고

자비광명 굽이굽이

천년만년 기약하리

칠십여 년을 살아오면서 남들은 평생 한 번도 받지 않는
다는 수술을 나는 열하고도 여섯 번을 받았다.

명문중학교에 합격하여 신입생 대표로 '신입생은 말한
다.'는 내 글이 학교 신문에 게재되고, 학교생활도 한껏 즐
거운지라 하늘이 얼마나 높은지 모를 정도로 사기가 충천
해있던 중 청천벽력 같은 소식에 접했다.

어머니가 갑자기 뇌출혈로 쓰러져 그 길로 영원히 우리
오남매의 곁을 떠나신 것이다. 그러나 그 일은 내 불행의
시초일 뿐이었다.

이듬해에 불의의 사고로 척추를 다쳐 무려 여섯 번이나
대수술을 받고 삼년 가까이 병상에 있었다. 결국 중증 하
지 지체 장애인이 되고 말았지만 그래도 비록 지팡이에 의
존하고 있지만, 스스로 걸을 수 있다는 것만으로도 불행
중 다행이라 생각하며 매사를 긍정적으로 살아왔다.

척추 수술, 위암 수술, 소장 수술 등 열여섯 번이나 수술

#통도사 서운암에서

을 받았으며, 여덟 번이나 자살을 시도했었던 내가 지금은 정신건강의학과 의사로서 아직도 진료실을 굳건히 지키고 있다는 사실이 스스로 생각해도 놀랍다.

사춘기 시절 오랜 병상 생활 후에도 찾아왔던 이곳 통도사 계곡은 나에게 생명의 소중함을 일깨워 주었다. 이후에도 몸과 마음이 고단할 때면 번번이 찾는 통도사는 그때마다 영축산 정기를 나에게 주었으며, 위로와 격려를 아끼지 않았다.

계곡과의 짧은 재회의 아쉬움을 뒤로 하고 금강 계단을 통과해 일주문으로 향한다. 금강 계단을 통과하면 득도하고, 진리를 통달한다 하였던가. 대웅전을 들러 잠시 예불을 드리고 승용차를 이용해 서운암으로 올라갔다. 서운암 뜰에 놓여 있는 무수한 장독들이 오늘도 반가운 환영 인사를 건넨다. 서운암 뒤란 주차장에 차를 세우고 백일홍, 금낭화, 능소화와 잠시 담소를 나누고 벤치에 앉아서 통도사 풍경을 바라보며 그동안의 고단함을 풀어 놓는다.

영축산에도 가을은 오고 있다. 소나기 지나간 능선에는 자화상 같은 안개구름 피어오르고, 여름 내내 꿈속에 머물던 의식 한 자락 꺼내 초가을 볕에 말리면 후드득 떨어지는 고뇌의 파편들.

집으로 돌아오는 길. 반달이 구름 속에서 나왔다 들어갔다를 반복한다. 여름 끝자락을 붙잡은 반달은 가는 여름이 못내 아쉬운 듯하다. 가을에 질질 끌려가는 것이 싫어 아예 구름치마 속에 숨어버렸다.

운전 중 불현듯 시상이 떠올라 갓길에 차를 세우고 급히 적는다.

풍경이 만드는 풍경

대웅전 처마 끝에 춤추는 풍경
살며시 스친 바람에도
온몸 바쳐 감동으로 울어 대고

통도사 풍경소리 묵은 때 씻어내고
고즈넉이 한 자락 풍경되어
백팔번뇌 뉘것인가 묻고 있구나

부는 바람 떠도는 구름에 실어
내 청춘 맺힌 한 함께 보내니
안개 걷히듯 사라지는 온갖 잡동사니

풍경소리 더불어 만들어 가는 풍경
자비로움 가득한 부처님 섭리
중생이 어이 다 알리

강은 강을 버려 바다가 되고
구름은 바람을 버려 하늘이 되듯
풍경은 소리를 버려 풍경을 만든다

1962년 3월 치열한 입시 경쟁을 뚫고 부산에 명문 중학이라는 경남중학교에 당당히 합격하였다.

어린 마음에 그 기쁨이란 어떤 단어로도 표현할 수 없을 정도였다. 4월 1일 입학식날 신입생을 대표하여 '신입생은 말한다.'라는 내 글이 학교신문에 게재되는 영광을 얻게 되어 나의 사기는 하늘을 찌를 듯했다. 환희의 송가를 마음껏 부를 수 있을 만큼 찬란한 봄을 보내고 신록의 계절 6월을 만끽하고 학교에서 돌아온 나는 집안에 들어서자마자 무엇인가 어두운 기운을 단번에 느낄 수 있었다.

15

한참을 침묵하던 누나는 다짜고짜 옷을 갈아입으라고
했다. 교복을 벗고 평상복으로 입으려 하자 그때야 울음을
터트리며 새옷으로 갈아입으라고 했다.

엄마가 돌아가셨단다.

청천벽력도 유분수지 등교할 때만 해도 건강하시던 엄
마가 돌아가셨다니…

열세 살 꿈 많은 소년은 무엇이든 할 수 있는 용기와 자
신감으로 충만해 있었다. 그러나 너무나도 갑작스러운 엄
마의 죽음은 내 인생을 송두리째 바꿔 놓았다. 엄마가 떠
나던 날 큰아버지 병원 뜨락에는 엄마가 남기고 간 마지막
선물인 양 봉숭아, 나팔꽃, 채송화가 흐드러지게 피어 있
었다.

장례식을 치르고 와서도 학교를 다녀와서는 무심코 "엄
마" 하고 안방 문을 연 것이 한두 번이 아니었다. 따뜻한
양지 볕에서 엄마 무릎에 누워 귓밥을 파주는 사랑의 손을
만지며 어리광 피우던 호사는 이제는 내 것이 아니었다.
친구들과 신나게 떠들고 웃는 일도 시들해지고 등교조차
하기 싫어진 즈음 엄마와의 영원한 이별보다 더 큰일이 벌
어졌다.

골목길

고향집 골목길을 돌고 돈다
어디 정겹지 않은 골목길이 있을까마는

반백 년 흐른 후에 찾아온 골목길
자국 자국마다
켜켜이 쌓여 있는 추억의 편린

술래잡기하던 친구들 웃음소리 가득하고
싸움박질하던 친구들 고함소리에
새들은 달아나고

열일곱 어린 나이에
엄마 영정 들고 울먹이며 걷던 형 얼굴
어리둥절 뒤따르던 동생 얼굴

아직도 떠날 줄 모르고
덩달아 나도 엉거주춤 머무는
애잔함이 짙게 묻어나는
그 골목길

따뜻한 양지 볕에서 엄마 무릎에 누워

귓밥을 파주는 사랑의 손을 만지며

어리광 피우던 호사는

이제는 내 것이 아니었다.

엄마가 돌아가시고 미처 숨 고르기도 전에 아버지가 "돈 벌어 올게"라는 지극히 간단한 메모 한 장을 남기고 무단 가출을 하셨다. 졸지에 고아가 된 오 남매는 무엇을 어떻게 해야 할지 갈피를 잡을 수가 없었다.

오남매가 의논한 결과 각자도생을 위해 뿔뿔이 흩어질 수밖에 없었다. 누나는 명문 여고를 다녀 가정교사로 입주하고 형도 가정교사를 했지만 나와 쌍둥이 동생 그리고 초등학교 다니던 막냇동생은 그저 막막하기만 했다. 그러나 학업의 끈은 놓을 수 없어 등교는 꼬박꼬박했다. 아버지가 남기고 가신 몇 푼의 생활비로는 언제까지 견딜 수는 없었다.

중2가 되자 집안 살림은 더 궁색해지고 등록금을 못 내고 결국에는 등교 정지 처분을 받았다. 그러나 비록 출석이 불리지는 않았지만, 꼬박꼬박 학교는 갔다. 수업도 수업이지만 점심시간에 무료 급식으로 나오는 식빵 한 조각과 한 통의 우유를 얻어먹기 위해서.

연속해서 몇 번의 등교 정지를 당하자 더는 배짱을 부릴 수가 없었다. 며칠을 결석 아닌 결석을 하자 담임 선생님이 가정방문을 오셨다. 집안 사정을 이해한 선생님이 가시면서 선생님 호주머니에 있던 돈을 몽땅 주고 가셨다. "힘내라. 살아 못할 일은 없다. 네 꿈인 육군사관학교를 가려면 일단 중학을 졸업해야지"라는 격려 말씀과 함께.

이 고생이 나의 마지막 시련이었으면 얼마나 좋았을까?

오만과 편견

사전을 펴고 오만이라는 단어를 찾아보았습니다.

"태도나 행동이 건방지거나 거만함. 또는 그 태도나 행동"이라고 풀이되어 있었습니다. 편견이라는 단어를 찾아보았습니다. "공정하지 못하고 한쪽으로 치우친 생각"이라고 정리되어 있습니다. 의사들에 대한 일반인들의 편견이 얼마나 심한가를 뼈아프게 느끼는 일이 있었습니다.

얼마 전 일 개월 가까이 젊은 의사들이 집단으로 진료 거부를 한 적이 있습니다. 어느 밴드에서 이 사태에 대한 다음과 같은 언급들이 있었습니다.

힘든 공부를 해서 의사가 되는 것은 알지만, 그래도 의사라 하면 먹고 살 만한 사람들이잖아요. 봉사와 희생정신 없이는 할 수 없는 일임은 분명합니다. 처음에 가진 마음 없이 뛰어들진 않았을 것입니다. 의사, 간호사, 간병인, 보육교사, 사회복지사 등의 직업은 아무나 종사할 수 있는 직업이 아님을 압니다.

외람됩니다만 매사는 시기와 명분이 있어야 그 타당성 내지 당위성을 인정하고 응원하고 같이 돌멩이라도 집어 듭니다. 의사가 처한 현실을 속속들이 알진 못합니다. 의약 분업 때 모든 약국이 문 닫았죠. 그때 약사들은 그럴싸한 명분을 내세웠으나 자기 손으로 조제하고 한약도 처방하던 시대에서 조제권을 의사에게 넘기라는 싸움에서 결국은 졌죠. 거기에는 천문학적인 리베이트가 썩은 뭣처럼 굴러다녔고요.

얘기가 엉뚱한 곳으로 갔네요. 병원도 자선 사업이 아닌 이상 수익을 버리라고 해서는 안 되지만 주식회사가 아닌 특수법인으로 인정한 것은 의료 행위는 단순 사업이나 가업이 아닌 공공재여야 한다는 전제가 있는 것 아닙니까? 의사가 독립투사도 아니고 그들에게 선을 강요만 할 수는 없다 치더라도 실정법을 그렇게 우습게 여기고 정부의 행정명령을 악법 운운하면서 자기 생각이나 처지만 우선시

하면 장사치와 다를 게 뭐가 있나요?

하고픈 얘기는 원장님, 약사님 꼬박꼬박 그렇게 호칭하다 터무니없는 요청이나 주장을 해오면 큰 소리로 "사장님!"이라고 불렀어요. 그러면 그들 스스로 물러갑니다. 그때만 해도 자기들은 장사치(사장)가 아닌 원장·약사라는 사회적 지위와 권위를 좀 더 중시했죠. 체면과 염치는 모르겠습니다만.

친하진 않으나 의협 강성 지도부는 선거 때부터 부딪칠 건수를 찾았다는 얘기를 내부에 있는 분에게 들었어요. 많은 국민들이 의사가 처한 어려운(?) 현실을 안타까워할까요? 응급실·중환자실에 있는 환자의 위중함에 안타까워할까요? 의료계도 결국 빈익빈 부익부 현상에 몰려 우리나라 의료 현실이 이렇게 된 거 아닐까요? 강남 네거리부터 성형외과·피부과밖에 없고 흉부외과는 인턴 한 분(?) 모시기가 서울대 교수보다 힘든 현실을 만든 책임에서 의사 자신들은 자유로울 수 있을까요? 지방 소도시엔 3억~5억을 호가한다는 의사 연봉 소식도 있고, 전문의·전공의가 없어 간호사가 수술하는 병원도 수두룩합니다.

의사가 없는데 어떻게 하냐? 그걸 누가 해결합니까? 누구를 탓합니까? 인원과 전문과 조정은 정부가 장기 대책을 세우고 풀어야 할 일이나 인턴 단계에서 쉬운 과로 다 빠져나가고, 의료 수가 문제가 전부인 듯이 하는 건 곤란하다 여깁니다. 진짜 고생하고 눈물 나는 현실은 대형 병원 간호사 노동자들입니다. 하루만 들여다보면 모두 때려죽이고 싶은 생각이 들 정도죠. 의료인도 노동자니, 노동 3법과 각종 법의 보호를 받아야 함은 당연하지만 잊지 않아야 할 것도 있습니다. 히포크라테스 선서가 너무 현실에 안 맞겠지만 그 정신까지 버려서야….

두서없이 휘갈겼네요.

밥그릇도 명분도 살아가는 수단이니 일방으로 몰아가서는 아니 될 것입니다. 그러나 인간의 생명(처음 쓰는 말입니다. 너무 속 보여서.)을 두고 싸움질하는 것은 진짜 속 보입니다. 정리하지 못한 거친 말들을 혜량해 주시길 바랍니다.

최고 지성의 의사? 최고 집단 이기주의자들인 의사이며, 이런 상황에서 파업이라니, 화를 넘어 분노를 느끼고, 적의감마저 듭니다. 희생했다고요? 고액 소득자이며 일부는 탈세하고(개업의들). 월급쟁이 의사들은 기본이 월 1,000만 원이죠? 잘먹고 잘사는 대한민국의 족속이 의사족입니다. 공공 의료 강화하고 지방에 필요한 의사를 양성하겠다

는 정부 정책에 동의합니다. 지지합니다. 배부른 돼지들의
떼쓰는 모습을 보는 느낌입니다.

의사들에 대한 편견이 어느 정도인지를 충분히 가늠할
수 있는 의견들이라 판단되어 나는 다음과 같은 글을 올
렸다.

문제의 본질은 그것이 아닙니다. 왜 하필이면 의대 증
원 문제를 코로나19 사태로 혼란한 시기에 꺼내들었을까
요? 의대 증원 시기를 코로나19가 어느 정도 진정된 후 내
년쯤에 시행해도 되지 않았을까요? 이미 전라도 쪽에서는
의대 증설 축하 현수막이 걸렸었다는 전언이 있습니다. 결
국 저쪽 표를 의식한 것이지요.

의료 수가 문제만 해도 그렇습니다. 고령화 사회 진입으
로 인해 건강보험 재정 적자가 코앞인데도 퍼주기만 하고
진료비 인상은 쥐꼬리만큼도 안 됩니다. 결국 대형 병원은
생존을 위해 비보험 진료를 늘리고, 국민들 부담 진료비는
오히려 증가 추세입니다.

보건복지 좋은 일이지요. 그러나 무조건 복지가 과연 바
람직한 것일까요? 대형 병원으로의 환자 쏠림 상황은 어
떻게 생각하시는지요? 의사 수급 불균형 정책에 문제가

밥그릇도 명분도 살아가는 수단이니
일방으로 몰아가서는 아니 될 것입니다.
그러나 인간의 생명(처음 쓰는 말입니다.
너무 속 보여서)을 두고 싸움질하는 것은
진짜 속 보입니다.

있는 것을 단순히 의사 부족 현상으로 보는 것은 어찌 설명할까요? 뿐만 아니라 사회주의국가도 아닌 이 나라에서 대학, 의전 8년에 군의관 3년, 전문의 과정 인턴 포함 5년, 전이의 1년 내지 2년입니다. 15년 이상 의사 공부하여 겨우 전문의가 됩니다.

연봉이 일억 원이 많다고요? 너무들 하십니다. 아무리 희생정신, 봉사 정신이라고 하지만 의사도 생활인입니다. 정신과 상담료만 하더라도 한 번 진료에 한 달분 약(정신건강의학과는 원내처방) 타고도 본인 부담은 15,000원 넘는 경우가 거의 없습니다. 상담료가 미국의 십분의 일도 안 되는 이 나라에서 그래도 자긍심 하나로 40년 넘게 진료실을 굳건히 지켜 왔습니다.

의사를 배부른 돼지로 보는 시각에 대해 분노합니다. 집단이기주의의 극치라는 시각에 분노합니다. 주위에 아는 의사들이 많을 것입니다. 아무나 붙잡고 물어보십시오. 한국의 의료 정책이 제대로 된 것인지? 그것부터 제대로 알고 비난하십시오. 오죽하면 젊은 의사들이 가운을 벗어던지고 거리로 나섰을까요? 우리나라는 언제부터 의사를 색안경 끼고 보았는지는 아시고 계신지요? 이만 줄이겠습니다.

제 글에 대한 반박 댓글이 만만치 않았습니다. 논쟁은 이어졌습니다.

저는 다음과 같은 댓글을 달았습니다.

의사들에게 적의를 느낀다고요? 의사들에게 분노를 느낀다고요? 한국 의료 정책 현실에 대해 제대로 알고 말하세요. 배부른 돼지가 떼쓰는 모습을 보여 죄송합니다. 그렇지만 한 면만 보고 극단적인 표현을 하는 것은 삼가심이 좋겠습니다. 자본주의 국가에서 의사가 어떻게 공공재입니까? 비난하는 것은 좋은데 본질을 알고 하세요.

결국 서로의 시각이 현저하게 다르다는 것을 확인하고 논쟁을 접었습니다. 의사가 아닌 일반인들에겐 의사가 오만하고 편견에 가득 찬 집단으로 비춰지나 봅니다. 일부 의사의 독선과 오만이 사회적 문제가 되기도 하지만 대부분의 의사들은 히포크라테스 정신에 입각하여 환자를 제 가족처럼 정성껏 돌보고 있습니다.

자본주의 국가에서 다른 사람에 비해서 의사들이 어느 정도의 경제적인 부를 누리는 것이 과연 잘못된 것일까요? 그들의 노력이 얼마나 지대한지를 제대로 안다면 아마도 충분히 이해해 주실 것으로 믿습니다.

비단 의료계에 대한 편견만 있겠습니까? 도처에 깔려 있는 짙은 편견이 점차 옅어지기를 소망합니다. 지나친 편견은 오만을 불러오기도 합니다. 서로가 이해하고 배려하고 용서하는 사회적 분위기로 더욱 성숙되기를 희망합니다.

에필로그

헐벗고 배고픈 시대를 살아온 시니어 세대 모두가 숱한 상처를 안고 있으며, 적지 않은 절망감에 좌절을 한두 번 경험하지 않았을 터.

굴곡진 삶을 살아온 한 사람의 이야기가 같은 시대를 살아온 분들께 동변상련이 된다면 더 바랄 나위가 없겠습니다.

고난을 당할 당시에는 그렇게 힘들었던 일이 시간이 지나 추억으로 남을 무렵, 내 인생의 또 다른 자양분이었다는 생각이 듭니다.

한생을 살면서 누구인들 회환이 없을 수 있겠습니까?

행복이란 억지로 찾아서 얻어지는 것이 아니라 순간순간을 행복하다고 느끼며 얻는 것이라는 사실을 경험을 통해 알게 되었습니다.

새 생명을 실어 나르는 나룻배가 되고 희망을 노래하는 사공이 되어 우울에 지쳐 삶을 포기하고자 하는 환우들을 위해 쓰는 작업을 멈추지 않겠습니다.

밤을 하얗게 밝히는 불면증 환우들을 위해 아무리 시시한 것에도 철학이 있다는 신념으로 늘 그래왔듯이 기도하는 마음으로 일하고, 일하듯 기도하면서 나머지 주어진 시간을 빈틈없이 채우겠습니다.

서쪽 하늘로 후회 없이 지는 멋지고 값진 석양이 되겠습니다.

hope